NARRATIVA

572

Lorenzo Beccati

PIETRA È IL MIO NOME

Romanzo

EDITRICE NORD

ISBN 978-88-429-2336-7

Per essere informato sulle novità
del Gruppo editoriale Mauri Spagnol visita:
www.illibraio.it
www.infinitestorie.it

PIETRA È IL MIO NOME

A Paolino, comunque

« Fu assassinato in Lione nella propria cantina certo Antonio Boubon Ciabattino che al tempo stesso vendea vino, ed avea nome d'avere co' due mestieri ammassato molto danaro. I giudici, malgrado tutte le ricerche, non poterono mai aver indizio degli assassini, che l'attrocità del caso volea che non si lasciassero impuniti. Fuvvi chi propose loro di valersi dell'opera di *Giacomo Aimar* di cui narravasi che colla bacchetta non solo trovar sapesse le acque sottocorrenti e i metalli, ma ben anche i confini de' fondi, le fornicazioni, i furti, gli assassinj e gli autori e i complici di siffatte azioni criminali. »

CARLO AMORETTI, *Della raddomanzia ossia elettrometria animale: Ricerche fisiche e storiche*, Milano, presso Giuseppe Marelli, 1807.

I

Genova, 2 marzo 1601,
venerdì di carnevale

Come da occhi di demoni, le fiamme escono dalle due finestre più in alto del palazzo dei conti de Negri in vico Lepre. Vorticando, colonne di fumo raggiungono il tetto e salgono nel cielo di una notte senza nuvole.

Per strada, nessuno si accorge di nulla. I genovesi sono impegnati a festeggiare « il carnevale dei folli », tirandosi arance e limoni e inseguendosi lungo i carruggi. Un gruppo di musici suona all'angolo di una strada e un bambino corre dietro ai passanti per chiedere un obolo.

« Una moneta per la musica e una per gli angeli! »

Alcuni giovani ballano e fanno giravolte, ubriachi d'allegria. Da un carro in movimento, delle bambine, vestite da ancelle, lanciano sui passanti petali di rosa e ridono, come se fosse una marachella.

Solo una figura scura, un'ombra di ragazza alta e magra, addossata al muro della casa di fronte all'edificio che brucia, tiene gli occhi chiari da gatta triste sulle lingue di fuoco che, strisciando, hanno invaso la parte alta del palazzo. Sembra che il suo sguardo alimenti le fiamme. Ha un volto affilato che mostra appena i suoi ventidue anni. Indossa una veste nera che non disegna le forme del corpo e uno scialle che copre le spalle ossute e leggermente curve. Una cintura le cinge la vita sottile, ma senza stringere. I capelli corvini sono raccolti con impegno sulla parte bassa della nuca. Ha labbra carnose e una fossetta le nasce al centro di una sola guancia ogni volta che sorride. Non capita spesso. Le dita sono affusolate e l'indice è lungo quanto il medio. È di una bellezza non convenzionale e non usa belletti per esaltarla. Il suo nome è Pietra, ma tutti la conoscono come « la Tunisina ».

Finalmente alcuni passanti si accorgono dell'incendio e si mettono a urlare: « Al fuoco! Al fuoco! »

Nel salone da ballo del palazzo, l'orchestra è impegnata in un crescendo e nessuno sente le grida. Poi un suonatore di violino coglie una voce lontana e si ferma. E piano piano anche gli altri musici si zittiscono.

Il padrone di casa, il conte Luigi de Negri, si scosta dal mento la finta barba verde del travestimento carnevalesco e si avvicina agli orchestrali, per redarguirli della pausa. Con il silenzio, però, ora sente anche lui gli strepiti e le urla dei passanti. Allora apre di slancio la porta finestra che dà sul balcone al centro della facciata. Non appena si sporge, vedendo le fiamme e il fumo, strepita, roco: « La casa va a fuoco! Presto, uscite! Via, via, via! »

Tutti corrono, urlano, spingono per guadagnare l'uscita e salvarsi la pelle. Senza rispetto di casta, i primi a raggiungere le maniglie dei battenti sono i camerieri e i servi di sala. E, non appena la porta si spalanca, le fiamme, come belve affamate, balzano loro addosso. Grida e tonfi sordi accompagnano la disordinata, inutile corsa attraverso il salone degli uomini avvolti dal fuoco. Dalla strada si sentono invocazioni, maledizioni e pugni disperati sul legno: per timore di rappresaglie carnevalesche, qualcuno aveva infatti chiuso a doppia mandata la porta della servitù.

Giunge di corsa il custode con grosse chiavi e i battenti sono aperti in fretta. Per prima, esce una nobildonna vestita all'orientale, con lo strascico in fiamme. Un cavaliere coraggioso le strappa la veste e poi è costretto a fare altrettanto con le sottovesti, fino ad arrivare alla pelle arrossata. Solo quando è salva, la poveretta pensa al decoro e si copre come può. Tossendo, un uomo si toglie dal volto la maschera da faina per respirare meglio. Un prete inquisitore cerca di spegnere le fiamme che gli avvolgono il braccio soffocandole con una tovaglia strappata dal tavolo. Un cane guaisce e si rotola nel porfido della strada, nel tentativo di sopire il dolore che gli divora il fianco, ma le fiamme hanno la meglio e si cibano del lungo pelo nero della bestia. Un giovane musico si lancia dalla finestra del primo piano, con il violino sottobraccio, per proteggerlo. Un cavaliere corre, reggendo a fatica una ragazza diafana con i capelli in fiamme: la giovane indossa una vezzosa mascherina rossa che la rende sorridente, nonostante la tragedia che si va consumando. Due cuoche e una serva escono correndo da un ingresso laterale, portando in salvo pile di piatti ornati d'oro zecchino.

In un sestiere confinante, sul sagrato della cattedrale di San Lorenzo, decine di uomini e donne euforici si stanno dando battaglia con lanci di uova, risparmiando solo le donne incinte. I giochi si arrestano non appena le campane della chiesa suonano a distesa per segnalare l'incendio. E un pennacchio di fumo orienta i cittadini volenterosi a capire dove possono accorrere per dare una mano.

In breve, una folla vociante si assiepa davanti a Palazzo de Negri e osserva il fuoco che sbuca dalle finestre in alto, poi si rintana, richiamato da un vuoto d'aria, e ricompare, più vivido e imponente di prima.

I volti delle statue sulla facciata s'illuminano e pare ridano.

Senza il minimo preavviso, un boato: le vetrate del palazzo in fiamme esplodono. Una pioggia di vetro cade sui passanti, facendoli fuggire in ogni direzione, come se fossero stati sorpresi da un temporale estivo. I costumi di carnevale che molti indossano rendono grottesca la tragedia. Un senatore con la testa da coniglio è colpito in piena faccia da frammenti di vetro e non sa darsi pace, neanche quella fosse un'offesa alla sua carica. Tre centauri scalpitano, con le zampe posticce che ardono, e si strappano di dosso i costumi.

Impassibile, nell'ombra, la ragazza in nero, quella che chiamano «la Tunisina», è colta al viso da una scheggia di vetro. Senza mutare espressione, si terge il sangue, passando la manica del vestito sopra la ferita.

Da un carruggio adiacente arrivano uomini armati di secchi e gettano l'acqua all'interno del palazzo, ma le fiamme non la degnano di uno sguardo e continuano a divorare tutto ciò che trovano sul loro cammino.

Uscendo dall'ingresso principale – e a dispetto del ventre prominente –, il conte de Negri regge per le ascelle la consorte e la sorella. Mentre avanza nel vicolo per portarle al sicuro, continua a impartire ordini. Non si capisce a chi, giacché nessuno gli ubbidisce.

La contessa si ostina a urlare un nome: «Nicolò... Nicolò...» Pazza d'apprensione, si guarda in giro, in cerca di qualcuno cui chiedere aiuto. Con un balzo al cuore, vede la ragazza nell'ombra. Si precipita da lei e le afferra il vestito all'altezza del petto scarno. «Tu... io ti conosco. Sei la Tunisina. Ti chiami Pietra.»

«Non mi chiamo Pietra, ma Petra, io...»

La contessa de Negri scaccia la frase con uno scatto del mento e continua: «Trova mio figlio. È ancora dentro. Tu hai il potere: usalo! Non lasciare che bruci».

La ragazza non si muove, inclina la testa, piega appena le ginocchia e pare indifesa, al pari di uno scoiattolo fradicio. Persino i capelli sembrano più slavati di qualche istante prima. «Vi chiedo scusa, ma io non posso aiutarvi.»

A rinforzo della contessa, arriva il marito e, a brutto muso, affronta la ragazza vestita di nero. L'uomo puzza di fumo e aglio. «Entra in casa mia e cerca mio figlio», sibila. «E, se non lo trovi, augurati di bruciare perché, non appena uscirai, ti ucciderò cento volte con queste mani.»

Per niente intimorita, Pietra fa per voltarsi e andarsene.

Furioso, il conte de Negri la colpisce con un manrovescio, lasciandole sulla guancia insanguinata il segno degli anelli.

Pietra si limita a fissarlo. Nel suo sguardo non c'è né disprezzo né dolore. Non c'è nulla.

La nobildonna si avvicina e, in silenzio, le sfiora una mano, come per scusarsi.

Infastidita dalla carezza più che dallo schiaffo, la ragazza chiede: «Quanti anni ha il bambino?»

Anche se con tono differente, i genitori rispondono insieme: «Otto».

Poi la contessa guarda la Tunisina dritta negli occhi e sussurra: «Salva il mio bambino. Usa il potere che Iddio ti ha dato. Abbi pietà di una madre».

La giovane in nero abbassa la testa in segno di resa. «Farò ciò che è nelle mie facoltà. Comunque voi cominciate a piangerlo.»

Pietra è una rabdomante.

II

All'interno del palazzo si odono il crepitio del fuoco e un concerto di scricchiolii strazianti, mentre il fumo caliginoso stria di bruno la facciata. Le grate di ferro che proteggono le finestre diventano incandescenti. All'ultimo piano, un uomo canuto, in fiamme, si aggrappa all'inferriata rovente e, con un urlo strozzato, cerca invano di divellerla.

Nel carruggio, Pietra serra i due estremi della forcella di legno, con il dorso della mano rivolto verso il basso, e tiene la punta ben diritta in avanti. Tutti si aspettano che si diriga verso l'ingresso principale, da cui continuano a uscire conati di fuoco e fumo. Invece lei segue lo strumento, che vibra in direzione opposta. Con uno scarto improvviso, il legno la indirizza a sinistra. Se qualcuno degli astanti conoscesse le regole sull'uso della forcella, saprebbe che la ragazza sta sbagliando. Essendo una donna, secondo i dettami della scienza secolare dei rabdomanti, dovrebbe interpretare le sollecitazioni della forcella al contrario di come farebbe un uomo. Se il legno indica a sud e in alto, un maschio deve seguire la direzione indicata;

se si tratta di una femmina, allora bisogna andare a nord e in basso. Si dice che la forcella in mano a una donna mandi vibrazioni ingannevoli perché lo strumento vuole essere dominato soltanto da maschi e si rifiuta di ubbidire a una femmina. La ragazza in nero pensa che le regole le facciano gli uomini e se ne infischia. Prosegue così nel percorso indicato dalla punta oscillante della forcella, a sinistra.

Tossendo per il fumo denso, varca la soglia di una porticina di servizio su uno dei lati corti del palazzo. Appena dentro, lontana da occhi indiscreti, getta via la forcella, consapevole della sua inutilità. Non sarà certo grazie a un pezzo di legno che riuscirà a trovare il bambino, pensa.

Fatti pochi passi, cercando di schivare i tizzoni infuocati e i pezzi d'intonaco affrescato che cadono, inciampica in un secchio colmo d'acqua per lavare i pavimenti. Senza esitazioni, si getta il contenuto addosso. Poi bagna lo scialle di cotone e lo tiene premuto sulla bocca per respirare attraverso la trama della stoffa.

Per obbligarsi a muoversi, Pietra ripete tra sé, come una litania, il nome del luogo che sa di dover raggiungere: « Le cucine, subito... le cucine... »

Nella spasmodica ricerca, s'imbatte in una porta intatta. Pietra conosce il fuoco e lo teme. Prima di aprirla, si pone dunque al riparo del muro, a fianco di un montante. Al sicuro, schiude uno spiraglio e una fiamma, in agguato dietro la porta, fa un balzo in avanti. Non avendo azzannato nulla, il fuoco si ritira, con un sibilo di disappunto.

Per procedere, la giovane deve attraversare un corridoio lungo e stretto. Dai rumori che sente, sa che il soffitto crollerà da un momento all'altro. Guarda la tappezzeria di seta che arde e si stacca dalle pareti, accartocciandosi.

Una figura ricoperta di caligine esce di slancio da una stanza attigua e travolge la ragazza che cade pesantemente a terra. È un uomo travestito da medico della peste e sta cercando di mettersi in salvo. Come un forsennato, prova a togliersi la maschera bianca da uccello dal volto, ma il fermaglio di metallo si è fuso con la carne. Di corsa, il poveretto sparisce dietro una tenda di fumo.

Con molta attenzione, la ragazza spalanca un'altra porta. Proprio in quell'istante, buona parte del soffitto di legno crolla, sollevando un poderoso sbuffo d'aria rovente che alimenta il fuoco nel locale. Pietra si salva, riparando in un angolo, ma solo per un istante. Torna subito ad avanzare.

Finalmente trova le cucine. Alcuni polli bruciano in una cesta. Migliaia di piume danzano intorno al fuoco e bruciano, simili a ottuse falene. Pietra si mette a cercare in ogni possibile riparo. Finalmente, sotto il lavatoio, scorge un piede che sta cercando di scalciare lontano le fiamme e, non riuscendoci, si ritrae.

La ragazza si avventa sul bambino terrorizzato che urla e piange con uguale intensità. Gli parla, tendendo entrambe le mani verso di lui. «Presto, Nicolò, esci! Sono venuta per portarti in salvo.»

Il piccolo non ne vuole sapere di lasciare il nascondiglio e si rintana, urlando ancora più forte.

Pietra riesce ad abbrancarlo per il vestito e lo trascina verso di sé. «Vieni con me o morirai bruciato vivo!»

Appena fuori della cucina, il piccolo perde i sensi, intossicato dal fumo; la ragazza lo prende in braccio e lo avvolge nello scialle bagnato. Poi, con uno sforzo immane, imbocca l'unica via che il fuoco benevolo le concede. Nell'istante esatto in cui i due attraversano un'anticamera, la trave portante cede di schianto, colpendo la giovane a una spalla e il bimbo di striscio sulla fronte. Pietra scrolla il fagotto che ha tra le braccia, ma il piccolo non dà segni di vita. Lei non ci bada: pensa solo a proseguire. Il fumo la fa lacrimare. Le manca il respiro.

Con uno scatto che le consuma le forze residue, evita un tramezzo che cade a terra. Sente che sta per svenire. Dalla disperazione, punta una porta chiusa e la sfonda, protendendo una spalla in avanti.

Senza sapere come, si ritrova sul lastricato del carruggio sul retro di Palazzo de Negri. Ha ancora il bambino tra le braccia.

Respira. Respira. Respira.

Non riesce a pensare ad altro.

Rinfrancata dal gelo della sera, la ragazza fa il giro del palazzo per raggiungere l'ingresso nobile. Vede così che l'edificio è ormai in balia dell'incendio e nessuno getta più acqua. La casa è lasciata al suo infausto destino.

I genitori del bambino ormai piangono il loro unico figlio.

Sapendo che le forze la stanno abbandonando, Pietra va verso di loro.

Con il sesto senso del sangue, la madre avverte la presenza del figlio ancor prima di scorgerlo.

La ragazza lascia scivolare il bambino a terra. Il padre lo raggiunge e lo scrolla per le spalle, nel tentativo di farlo rinvenire. La madre gli tampona la fronte insanguinata con un fazzoletto umido delle lacrime nere che le solcano il viso sporco di fuliggine.

D'un tratto, il piccolo si riprende, tossendo.

Il conte de Negri lascia il figlio alle cure della moglie e guarda il suo bel palazzo soccombere alla prepotenza del fuoco.

Pietra si alza, afferra un lembo dello scialle che tocca terra, e s'incammina, senza avere neppure l'energia sufficiente per rimetterlo sulle spalle.

Per lei neppure una parola di ringraziamento.

Meglio. Le sarebbe pesata addosso più dello scialle bagnato.

Intanto, poco distante, una lingua di fuoco raggiunge la forcella scagliata via da Pietra e la lappa per vendicarsi. Ha il sapore del legno, non della magia.

III

L'incendio di Palazzo de Negri non si è propagato alle case vicine ed è subito dimenticato dai genovesi, che vogliono solo dedicarsi ai festeggiamenti.

Il « carnevale dei folli » è un periodo di libertà giocosa, in cui le regole di comportamento sociale sono accantonate per qualche giorno, se non capovolte. Ovunque, dame e cavalieri in maschera ballano il *balaridòn*, una danza di gruppo, infischiandosene che sia stata vietata con un decreto del 1522, quasi ottant'anni prima.

La Quaresima è appostata dietro l'angolo, pronta a porre fine a ogni divertimento. Per tornare a far festa bisognerà aspettare il 22 aprile, il giorno di Pasqua.

Sotto Porta Soprana, uomini del popolo rincorrono donne accaldate, lanciando loro melangoli acerbi. I bersagli preferiti sono i deretani infagottati e capaci delle matrone. In una stradina cieca lì accanto, si apre l'uscio di una taverna e, mentre si spande il suono dei tamburelli e dei fischietti di una farandola, una coppia travestita da consoli romani esce all'aperto, berciando: « Ave, Genova! » Subito i due sono presi di mira, però le risate vanno più a segno delle uova e della frutta marce. Poi i buontemponi si lanciano alla rincorsa dei malcapitati che tentano la fuga verso il porto.

Una ragazza del gruppo degli inseguitori sente la testa che gira. Allora rallenta e decide che per questa notte può bastare. Senza avvisare gli amici, va nella direzione opposta alla loro, verso casa. Beve l'ultimo sorso da una bottiglia di vino dozzinale e asciuga le labbra con un fazzoletto di pizzo. È passata la mezzanotte e l'indomani si deve svegliare di buon'ora per andare a servizio.

A pochi passi da lei, un cane scheletrico si ridesta e latra alla notte. La fame, che si era addormentata con l'animale, torna a farsi sentire. La giovane gli regala una carezza contropelo. Poi si mette a canticchiare il motivetto di un ballabile che non vuole uscirle dal cervello.

D'improvviso, sente uno scalpiccio dietro di lei. Il rumore sinistro le fa tendere la spina dorsale e la scuote dal torpore del vino. Ha paura a voltarsi e non sa perché. Quando lo fa, si trova di fronte un uomo con indosso un mantello da conducente di carrozze. Ha il volto nascosto dal grande bavero alzato.

« Chi siete? Vi conosco, signore? » chiede la ragazza, con un tremore nella voce che rivela il suo sgomento.

Immobile, in silenzio, l'altro la guarda. Lì intorno non ci sono che loro due.

La servetta non si decide a girargli le spalle per andarsene.

Dopo un sibilo, la ragazza vede i polsi dello sconosciuto allungarsi, finché i pugni serrati non sfiorano il suolo. A bocca spalancata, non riesce a distogliere lo sguardo dal sortilegio.

Di colpo, l'uomo fa scattare un lungo braccio verso di lei.

La poveretta è colpita da un pugno che le sfonda una tempia, con il rumore di una pera bacata che cade a terra. Cerca di toccarsi il punto colpito, ma non trova né osso né carne. Solo il vuoto.

L'altro aspetta più di qualche istante. Vuole che la giovane capisca che sta per morire.

Prima di colpirla ancora, l'assassino le sussurra un nome.

Solo un nome.

La ragazza è stupefatta. Per un attimo, un volto prende forma nella sua mente squassata dal dolore.

Poi un altro schiocco e il buio eterno.

Vorticando i pugni, l'assassino si accanisce sul cadavere, come se non riuscisse a saziarsi di quella carne. Poi di colpo smette. Con estrema lentezza, i pugni si sollevano da terra e tornano nella posizione naturale.

Per terminare l'opera, l'uomo vestito da cocchiere posa una forcella da rabdomante tra le mani rattrappite della giovane, come se fosse un fiore per l'estremo saluto.

Poi serra il mantello di tessuto ruvido al petto e se ne va, silente come una lucertola sul muro.

IV

Mentre l'assassino della servetta sparisce nel buio che sembra averlo partorito, in un'altra parte di Genova, in piazza Banchi, tre marinai ubriachi si sfidano a chi piscia più lontano, suscitando lo sdegno di una famiglia di nobili che sta passando a bordo di una carrozza presa a nolo.

Senza preavviso, dall'abbaino della chiesa cala sugli avvinazzati una pioggia di arance guaste. Impegnati come sono nella disputa, i tre uomini se ne infischiano. Una gatta orba cammina sul bordo di una scala, girando la testa dalla parte buona per osservare quello che succede.

A spalle basse, Pietra attraversa la piazza e si fa inghiottire dal carruggio di Sottoripa la Scura. Davanti a una porta sghemba, color ocra, estrae dalla tasca del vestito una chiave segnata dalla ruggine e la infila nella serratura. L'altezza ridotta dell'uscio la obbliga a chinarsi per entrare. Sembra si genufletta a un dio misterioso che si trova all'interno. Una candela accesa l'aspetta. È il solo lusso che si concede: odia entrare e trovare la stanza buia.

L'angusto locale un tempo serviva a stipare sartie e a ricoverare reti da pesca da rammendare durante la brutta stagione. Un letto senza spalliera, un materasso di foglie di granoturco steso sul pavimento, due sedie impagliate, un tavolo incrostato di pece appartenuto a un ciabattino, una madia a ridosso del focolare sono gli unici arredi.

Spossata, Pietra solleva dal tavolo una candida pezza di cotone posta sopra un piatto di peltro e scopre una fetta di pane nero tagliato grosso. Non ha neppure la forza di addentarlo. Lo tiene in mano e si lascia cadere su una sedia.

Le viene in mente che ancora una volta, stasera, ha dovuto nascondersi dietro la bacchetta da rabdomante. Ormai sono tanti quelli che si rivolgono a lei, nella convinzione che possa risolvere questioni delicate, ma anche bizzarre o del tutto futili. Chiedono l'ausilio della forcella per scoprire se un quadro è vero o falso, se una traccia di sangue è umana o di animale, se qualcuno sta simulando un'infermità o se è davvero malato, se una persona è scomparsa o morta. Prima di sposarsi, molte coppie vogliono sapere se sono ben assortite o se vanno incontro a un tragico errore. E guai se lo strumento di legno gira per l'uomo in un senso e per la donna in quello inverso...

Pietra morde il pane, quindi lo posa di nuovo sul tavolo, accanto a una forcella biforcuta.

La fissa a lungo, poi la prende e la scaglia nell'angolo opposto della stanza, svegliando di soprassalto qualcuno.

Due occhi vividi si fanno avanti, entrando nel fascio di luce della candela, che poi rivela l'esile volto della nonna. Nonostante l'età, ha i capelli neri e buona parte dei denti in bocca. Le mancano due dita di una mano, tranciate di netto da una cima che reggeva troppo carico. È successo quand'era bambina e doveva lavorare per aiutare la famiglia.

L'anziana donna si rivolge lamentosa alla nipote: « Sei tornata, finalmente ». Ha ancora la cantilena della parlata di Pegli, un paesino a ponente, nonostante siano passati parecchi anni da quando l'ha lasciato. Si accorge solo ora dello stato di Pietra. « Cosa ti è successo? »

« È scoppiato un incendio che ha distrutto Palazzo de Negri. Ci sono stati anche dei morti. Io passavo di lì per tornare a casa. La contessa mi ha visto tra la gente e mi ha obbligato a cercare suo figlio, che era rimasto dentro, tra le fiamme. Ho finto che la bacchetta mi portasse da lui. Ho simulato ancora una volta d'avere il potere, ma la verità la posso dire solo tra queste mura. » Abbassa affranta la testa per un istante, poi riprende: « Ho pensato che un bimbo così piccolo cercasse rifugio in un posto che conosceva e che reputava sicuro. Le balie portano sempre i figli dei padroni in cucina per scambiare con le cuoche qualche cattiveria sui signori. Infatti l'ho trovato lì e l'ho portato fuori. Non c'è nient'altro da sapere». Pietra addenta un boccone di pane e mastica senza fretta prima di continuare a parlare: «È più facile credere a un pezzo di legno o a un osso di balena che all'intuito di una donna. A pensarci bene, la forcella un potere ce l'ha: fino a ora ci ha dato da mangiare e protetto da guai peggiori».

La nonna sembra soddisfatta. «È così, figliola. E poi una rabdomante puzza di magia, incute una paura sottile. Meglio.» Si alza e si avvicina alla nipote prima di riprendere a parlare: «La contessa ti ha riconosciuta, dunque».

«Sì, mi ha chiamata 'la Tunisina' e 'Pietra'. Io le ho detto che il mio nome è Petra.»

La vecchia pronuncia una frase soffiata appena: «Pietra è il tuo nome. Ricorda, figlia mia. Pietra è il tuo destino».

La ragazza ripensa alla decisione presa tempo addietro di farsi chiamare Petra, per smussare l'idea di forza e resistenza che dà il suo vero nome, Pietra. Lei preferisce essere un'ombra, un fantasma che passa senza essere visto, un refolo senza consistenza.

Uno sforzo inutile, poiché a Genova tutti sanno chi è: una rabdomante, una donna da temere.

V

Pietra raccoglie la forcella che ha scagliato nell'angolo. Quel legno maledetto che ha segnato il suo destino, prima nell'orfanotrofio e poi sull'isola di Tabarka.

Nel 1540, l'intera isola era stata data in concessione dal *bey* di Tunisi alla nobile famiglia dei Lomellini di Pegli, imparentati con i Doria. Il casato era interessato a quella terra di mori perché l'isola era ricca di prezioso corallo. La concessione era in realtà il pagamento del riscatto per la liberazione del pirata Turghut Reis, detto Dragut, catturato dai genovesi insieme con la flotta di navi veloci, gli sciabecchi, con cui solcava i mari in cerca di prede. Oltre cento famiglie originarie di Pegli avevano deciso di tentare la ventura e di recarsi a Tabarka per razziare dal mare il corallo e farne commercio.

Parecchi anni più tardi, altri si erano uniti a quei pionieri. Tra questi, c'era anche una coppia senza figli che, poco prima della partenza, aveva deciso di adottare un'orfana: un sistema pratico per avere non una figlia, ma una serva.

Il pomeriggio precedente il levare dell'ancora, i coniugi erano andati ad Albaro, il colle che sorge nella parte orientale di Genova, al convento delle Piccole Sventurate del Signore. Le suore li stavano aspettando e avevano disposto in fila le trovatelle. Fin dal mattino presto, le bimbe si erano prodigate a farsi belle, lavandosi, pettinandosi e aggiungendo fiocchi ai vestiti. Le più scaltre si pizzicavano di continuo le gote, per apparire più sane e floride. Pietra non aveva fatto nulla di tutto ciò. Si era comportata come ogni altro giorno. Se la volevano, dovevano prenderla per ciò che era. Non era disposta a un inganno, neppure per fuggire da quella prigione.

Dopo aver passato in rassegna le orfane, la moglie del corallaro aveva scelto proprio Pietra perché era la più alta e perché, dai piedi lunghi, prometteva di crescere ancora.

Che un'orfana lasciasse il convento per essere adottata non era cosa di tutti i giorni, quindi suor Anna, la madre superiora, non aveva detto nulla dei poteri di cui - ne era certa - era dotata la piccola. La superstizione ha molti devoti e non tutti vogliono avere a che fare con pratiche che sanno di malia di demonio, si era detta la suora.

Dopo aver abbracciato a una a una le compagne e le suore, Pietra era uscita dal convento con indosso solo un camicino logoro, accompagnata dall'invidia delle altre orfane.

Quella sera stessa, Pietra aveva dunque avuto una

madre, un padre e tanto mare quanto non ne aveva mai visto. Insieme con loro era andato anche il nonno materno, mentre la nonna era rimasta a Genova, a badare alla casa e a tediare i santi, per scongiurarli di proteggere la famiglia lontana, nella terra dei mori.

⁂

L'isola di Tabarka era un dorso di tartaruga incrostato di muretti a secco, erba gialla e case di povera gente. In cima c'era la fortezza scura, che incuteva soggezione. Su una delle torri, si offriva al vento una bandiera bianca, con una croce rossa a spartirla in quattro. Nel guardarla, alcuni pensavano con nostalgia a Genova. Altri la maledicevano.

Cormorani con la testa e le ali nere volteggiavano sopra l'isola, ben sapendo che il pesce impigliato nelle maglie delle reti era facile da rubare, perché quegli strani pescatori avevano occhi solo per i rami duri, e immangiabili, di colore bruno-rosso.

La famiglia con la trovatella – aveva otto anni, allora – si era sistemata in una casetta riarsa dal sole e mangiata dalla salsedine. Due stanze appena, ma sane.

Durante le prime settimane, i genitori adottivi erano stati severi con lei. La punivano duramente per formarle il carattere, dicevano. Pietra faceva del suo meglio per essere ubbidiente e si accontentava di quello che le davano. Non chiedeva mai nulla. Quando avevano compreso di che pasta era fatta, si erano affezionati a lei: la trattavano, se non con amore, almeno con benevolenza.

Il padre e il nonno andavano ogni giorno per mare a raschiare dal fondo, prepotenti, i rami di corallo. La madre, invece, restava sulla soglia ad aspettare il loro ritorno, specie con l'acqua cattiva della burrasca. Anche Pietra lavorava sodo. Puliva, cucinava, rammendava e soprattutto era bravissima a costruire le croci dei corallari. Metteva insieme due assi di legno, incrociandole, e ci fissava sopra con perizia alcuni stracci di rete, indispensabili per impigliare il corallo e issarlo a bordo delle coralline, le barche costruite apposta dai maestri d'ascia. Nessuno era abile come lei a preparare le croci, tanto che i pescatori erano disposti a pagare per avere quelle realizzate da Pietra, più efficaci e resistenti.

A poco a poco, tutti avevano preso a rispettarla. E non solo per la sua abilità con le croci dei corallari, ma soprattutto perché sembrava padroneggiare un oscuro potere.

Impugnando una bacchetta di legno seccato di ogni linfa, Pietra era infatti capace di trovare le cose più disparate.

C'era una contadina che allevava le galline lasciandole libere, quindi non sapeva mai dove facessero le uova, che così diventavano preda di uccelli e di topi.

Impugnando il suo strumento, Pietra le individuava sempre.

Nessuno si era mai accorto che le galline covavano - ciclicamente - sempre negli stessi posti.

I corallari la portavano in barca con loro quando avevano difficoltà a trovare i banchi di oro rosso. Senza mai sbagliare, con la bacchetta, la giovane rivelava la presenza del corallo in profondità.

In realtà, lei leggeva le sfumature di colore del mare e le increspature delle onde che le indicavano con certezza i banchi.

Una volta le avevano chiesto di ritrovare un ragazzo un po' tocco. I parenti cercavano di tenerlo chiuso in casa, ma lui scappava di continuo perché, nella confusione della sua mente, si era convinto che volessero ucciderlo. Quel giorno si era nascosto in un anfratto tra gli scogli, verso il mare aperto. Pietra l'aveva visto spesso aggirarsi tra le rocce, borbottando e litigando con i fantasmi, ed era riuscita a scovarlo. O, meglio, aveva ritrovato il suo cadavere che galleggiava tra gli scogli. Forse l'alta marea, forse un malore... Nessuno l'avrebbe mai saputo. Per la famiglia del ragazzo era stata un'inconfessabile liberazione.

Da quel giorno, gli abitanti dell'isola si erano convinti che Pietra sentisse parlare i morti. Al rispetto si era affiancato il timore. Ma era stato un episodio avvenuto quando lei aveva dodici anni a conquistarle la massima considerazione da parte degli abitanti di Tabarka.

L'isola era un crocevia per il mercato degli schiavi. Lì avvenivano scambi di merce umana e accordi per il pagamento dei riscatti. Quel giorno, da una nave turca erano scesi molti schiavi, in ceppi, a due a due. Dato che sull'isola non accadeva mai nulla, gli abitanti si erano radunati al porto, lieti di quel diversivo. Alcuni provavano pena per quegli sventurati, ma i più li dileggiavano, sordi alle loro suppliche.

D'improvviso, una coppia di prigionieri si era staccata dalla fila, aveva raggiunto un gruppo di donne e ne aveva preso in ostaggio una, scrollandole di dosso il figlio che teneva in grembo. Una vecchia aveva raccolto il bimbo, che si era messo a piangere, tendendo le braccia verso la madre, la quale a sua volta gridava e si dimenava. Per farla star buona, gli schiavi l'avevano presa a pugni in testa; poi, mentre uno la teneva ferma, l'altro le aveva premuto una corta lama contro la gola.

« Giuro su Dio che l'ammazzo. Non abbiamo niente da perdere. Vogliamo una barca e dei viveri. Lei verrà con noi. »

Il comandante della nave si era avvicinato ai due ribelli, cercando di farli ragionare. Nessuno era riuscito a intendere che cosa si stessero dicendo, ma tutti avevano capito che la faccenda si metteva male.

Il padre di Pietra si era avvicinato all'uomo che comandava la nave. «Che succede ora?» aveva bisbigliato.

«Non posso lasciarli andare, altrimenti si ribellerebbero anche gli altri», era stata la risposta. «Comunque la donna è spacciata. Se non la uccidono ora, lo faranno dopo.»

Pietra aveva sentito tutto. Senza indugi, sapendo che una ragazzina non veniva mai considerata una minaccia, aveva mosso qualche passo in avanti e si era rivolta ai due schiavi ribelli. «Prendete me al suo posto», aveva detto.

Suo padre era scattato in avanti. «No, non datele retta. È pazza, io...»

Il comandante gli aveva posato una mano sull'avambraccio, impedendogli di proseguire. Forse da quel diversivo poteva uscirne qualcosa di buono, si era detto.

Gli schiavi si erano guardati con aria interrogativa. Di certo stavano facendo lo stesso ragionamento: come ostaggio, una ragazzina era meglio di una donna, più facile da tenere a bada. Pietra aveva rinserrato il collo nelle spalle strette e li aveva fissati entrambi, sgranando gli occhi, con un'aria da pulcino. Difficile immaginare una creatura più innocua e indifesa di lei. Il più alto dei due le aveva fatto cenno d'avvicinarsi. Pietra aveva ubbidito e, quand'era stata a un passo, lui aveva lasciato andare la donna, ghermendo la ragazzina. Mentre la madre correva dalla sua creatura, l'uomo aveva afferrato Pietra per i capelli con una mano sola e l'aveva sollevata da terra.

« Sapete ciò che voglio », aveva sibilato. « Datemelo o il sangue di questa bambina vi perseguiterà. »

Il silenzio aveva reso di piombo l'aria.

D'un tratto, si era levata una vocina flebile, che pronunciava parole indecifrabili. Mentre gli astanti si guardavano intorno, per capire da dove provenisse, lo schiavo che ancora stringeva i capelli di Pietra aveva abbassato gli occhi sulla ragazzina, rendendosi conto che era lei a parlare. Tuttavia, non riuscendo a comprendere cosa stesse dicendo, si era chinato, avvicinando l'orecchio alla bocca della sua prigioniera. Non aveva quindi visto lo spiedo per quaglie che, come per magia, si era materializzato nella mano di Pietra. Aveva però sentito un dolore lancinante quando lei, con una mossa fulminea, glielo aveva ficcato nell'orecchio. La sua sofferenza era stata breve; la stilettata era arrivata al cervello e lo aveva portato a una morte quasi istantanea. E il secondo schiavo non aveva avuto neppure il tempo di reagire: gelida e rapida, Pietra gli aveva infatti piantato un altro spiedo all'altezza del fegato. Poi, senza neppure un'occhiata all'uomo che rantolava a terra, agonizzante, Pietra era corsa a rifugiarsi tra le braccia del padre. Era tornata a essere solo una ragazzina.

* * *

Tirandosi i ricordi e la coperta fin oltre la testa, Pietra smette di rivangare il passato e augura alla nonna la buona notte.

In cuor suo, ringrazia questa donna gracile d'averla accolta, così come sua figlia aveva fatto prima di lei. Ormai sono tre anni che vive con la nonna, da quando è tornata a Genova da Tabarka.

Con l'ultimo atto cosciente prima di cedere all'oblio, Pietra si crogiola nel pensiero che Tabarka sia distante, ma sente nell'anima che altre isole, ancora più atroci, la stanno aspettando.

VI

Genova,
3 marzo 1601

Al mattino, l'irritante puzzo di pesce posso che viene dalla strada desta Pietra. Stirandosi nel letto, si accorge che la nonna non c'è, ma non si preoccupa. Sa che è corsa in chiesa per la prima funzione; è convinta che i fedeli più mattinieri siano privilegiati in Cielo, giacché l'Altissimo ha maggiore pazienza nell'ascoltare le prime suppliche della giornata. Più va avanti con gli anni, più la vecchia arriva presto, anche a portone chiuso. Ed entra in chiesa sempre con un cero acceso, che spegne non appena raggiunge l'altare, per riaccenderlo il giorno dopo. Così un cero - se di buona qualità - le dura almeno due mesi.

Mentre la nonna sta tuffando le dita nell'acquasantiera, Pietra si sciacqua il volto in una bacinella d'acqua, in cui galleggiano foglie di salvia e bucce d'arancia. L'unica abitudine che si è portata dietro da Tabarka.

Dalla finestra, vede un lampo che spacca il cielo in

due. Poi conta il tempo che intercorre tra il fulmine e il rombo, per stimare quanto sia lontano il temporale. Prima del boato, però, scorge qualcuno che si sta avvicinando alla porta di casa. È Giacomo Basso, il Bargello, il capo delle guardie di ogni sestiere. Sulla soglia dei quarant'anni, ha capelli castani, corti e dritti, e la barba sulle mascelle tonde accentua l'assenza di mustacchi. A Genova, è uno dei pochi uomini a indossare bragoni e giubba color rosa pallido. Ogni accessorio è della stessa tonalità. La camicia spunta dal colletto alzato e dal fondo delle maniche della giubba. Al fianco gli pendono una pigra spada brunita e una scarsella che tintinna denaro a ogni passo. Ha l'abitudine di portarsi appresso un cappello che deve però aver litigato con la testa, giacché non lo si vede mai calcato in capo. Ha un cipiglio autoritario e ostenta il suo potere in ogni occasione. Nessuno può dire di conoscerlo davvero perché non ha amici.

Dietro Giacomo Basso, cammina il giovane e rubicondo segretario del vescovo, ma i due non sono giunti lì insieme. Gli affari di ognuno li hanno condotti nello stesso posto nello stesso momento.

Il Bargello bussa perentorio all'uscio. « Apri, in nome della Repubblica e mio. »

Asciugandosi in fretta il volto e le mani, Pietra va alla porta e la apre.

Il Bargello si guarda alle spalle e squadra il prete,

che non nasconde d'essere indispettito dal fatto che il birro l'abbia preceduto.

Senza riguardo, con la spocchia dei soldati, l'uomo in armi entra, lasciando l'uscio socchiuso.

« Prego, eccellenza », dice Pietra con esagerato sussiego. Poi, com'è sua abitudine, assume una posa disarmante per sembrare inerme.

A vederla così sfrontatamente indifesa, a Giacomo Basso viene voglia di infierire su di lei, ma per stavolta pensa sia meglio soprassedere. Tanto, prima o poi, troverà il modo di vendicarsi di quella donna.

Perché pochi giorni addietro, in un affare che riguardava il Doge, lei, la rabdomante, è riuscita là dove il Bargello ha miseramente fallito.

⁂

Genova,
24 febbraio 1601

Sotto un cielo bigio di nuvoloni, era terminata da poco la solenne cerimonia per l'elezione del nuovo Doge Agostino Doria, che si era allontanato dai festeggiamenti non appena il decoro glielo aveva concesso.

L'uomo si era diretto nel suo studio privato e, una volta entrato, si era accomodato su una poltrona con la seduta resa più soffice da un cuscino imbottito di piume d'oca. Con aria pensierosa, si era sistemato la lunga veste di velluto rosso, vanto dei mastri setaioli della Repubblica, e la pelliccia bianca a pelo raso, maculata di bruno, che aveva sulle spalle. Infine, dopo essersi lisciato la punta della barba, aveva deciso che era arrivato il momento di parlare e aveva alzato gli occhi sulla donna che era in piedi davanti a lui, con aria dimessa.

« Come senz'altro sai, il mio predecessore, il Serenissimo Lorenzo Sauli, è stato ucciso con un colpo d'archibugio durante un alterco, il 21 di questo stesso mese di febbraio. Proprio il giorno in cui terminava il suo mandato. Strana coincidenza, non ti pare? » Senza aspettare una risposta, aveva continuato: « Chi ha indagato sulla sua morte, ha concluso che essa è stata la conseguenza di un litigio per futili motivi, ma io non sono tranquillo. Non vorrei che fosse in atto una congiura verso l'autorità stessa del Doge ». Aveva guardato la donna con maggiore intensità. « Mi si dice che sei abile nel risolvere i misteri. Che hai il potere dei rabdomanti d'Oriente. Per questo ti chiamano 'la Tunisina'. »

Pietra avrebbe avuto troppe cose da spiegare, quindi era rimasta in silenzio.

« Ti chiedo di scoprire se esistono turpi individui in combutta contro la Repubblica o se quella morte è stata davvero una fatalità. »

« Ma voi avete già un colpevole: è rinchiuso nelle

galere e sta per essere giudicato...» aveva mormorato Pietra.

«È vero, ma io voglio avere la certezza che non abbia avuto complici e che tutto ciò non faccia parte di una cospirazione ben architettata. Scoprilo, Tunisina, e potrai dire d'essere in credito con la Repubblica e con me.» L'aveva fissata, certo che la donna avrebbe fatto un semplice cenno di assenso.

Nulla l'avrebbe potuto preparare alla richiesta di Pietra: «Per mettere in atto il mio potere, ho bisogno di esaminare con la forcella di legno sia l'archibugio sia il pallettone da esso esploso. Solo così potrò avere una risposta che vi possa soddisfare».

«L'archibugio è conservato presso il magistrato, ma il proiettile è... è...» Solo in quel momento si era reso conto della richiesta della rabdomante e aveva sgranato gli occhi. «Vorresti forse che io faccia disseppellire il Serenissimo Lorenzo Sauli, così da estrarre dal suo corpo il pallettone mortale?»

Dall'espressione decisa della donna, Agostino Doria aveva capito di aver colto nel segno.

Dopo aver riflettuto a lungo, aveva tirato con insistenza un cordone. A quel gesto era corrisposto il suono di una campanella in una stanza attigua.

Trascorso qualche istante, era entrato nella stanza Giacomo Basso, il Bargello. Nel vedere la Tunisina al cospetto del Doge, l'uomo si era persino dimenticato d'inchinarsi, facendo invece una smorfia di disgusto. Aveva già chiesto i suoi servigi in varie occasioni – per scovare un assassino, un malnato, un ladro o un rapitore – eppure continuava a diffidare di lei. Quando le era accanto, si sentiva inquieto, minacciato. E la cosa non gli piaceva affatto.

Ad Agostino Doria non era sfuggito il moto di disprezzo del Bargello. «Con l'autorità che da oggi esercito in quanto Doge, vi ordino, per il bene di Genova, di assecondare le richieste di questa donna. Ella ha promesso di usare i suoi poteri di rabdomante per accertare se, nell'uccisione del Serenissimo Lorenzo Sauli, tutto sia andato come abbiamo creduto finora o non vi sia dell'altro.»

«Vi chiedo venia, Serenissimo, ma io stesso ho indagato e non ho...» aveva mormorato il Bargello, incapace di trattenersi.

«Se la rabdomante confermerà quello che voi avete dato per certo, tanto meglio. Ho deciso che così è e così sarà. Ubbidite.»

Stavolta l'uomo si era inchinato.

«La prima richiesta che vi farà questa donna vi sembrerà blasfema e irriguardosa», aveva proseguito il Doge. «Fate ciò che vi chiede senza storie, ma con molta discrezione e usate meno testimoni che potete.»

Il Bargello aveva aggrottato la fronte, ma non aveva chiesto ragguagli per non indispettirlo ulteriormente.

«Tunisina, puoi andare. E voi andate con lei. Scoprite in fretta la verità.»

Il Doge si era alzato, dirigendosi alla finestra e dando le spalle ai due, così da rendere ancora più evidente che il colloquio era terminato.

Pietra era stata la prima a uscire dalla stanza e il Bargello l'aveva seguita.

⁂ ⁂ ⁂

A notte fonda, strani rumori provenienti dal sottosuolo rimbombavano tra le smisurate pareti della basilica di Santa Maria Assunta di Carignano.

Pietra, Giacomo Basso e due sgherri erano all'interno della cripta. Ogni rumore dovuto alla sbadataggine dei soldati faceva imbestialire il Bargello, che non si sentiva tranquillo, sebbene avesse pagato profumatamente il parroco per entrare indisturbato.

Dopo aver divelto i chiodi che serravano la bara, i due birri avevano estratto il corpo del Doge Lorenzo Sauli.

« Mettete il cadavere a faccia in alto, adagiandolo sul marmo del pavimento », aveva quindi ordinato Pietra, a voce bassa. « E fate luce. »

Sapendo che la ferita letale si trovava all'altezza del cuore, la giovane aveva sbottonato la veste del morto a cominciare dal colletto. Poi, scostando la camicia di seta, aveva trovato il foro dell'arma da fuoco che lo aveva ucciso all'istante.

Il birro più anziano sapeva che era arrivato il momento di prendere un coltello affilato e di farlo penetrare nella carne. Ma non si risolveva a farlo. « Profanare un cadavere è un affronto a Dio, ai santi e alla morte, maledizione a voi. Io non posso », aveva detto infine.

Pietra gli aveva strappato di mano la lama, sibilando: « Date a me ». Senza tentennamenti, aveva infilato il coltello nella ferita, rigirandolo sino in profondità. Per raggiungere il pallettone, aveva dovuto allargare di parecchio il foro.

Gli uomini la fissavano, inorriditi.

Finalmente la punta del coltello aveva incontrato il pallettone. Pietra l'aveva tirato fuori dalla carne seccata di ogni linfa.

Ora che la donna teneva tra le dita ciò che voleva, i birri si erano affrettati a rimettere il morto nella bara, con l'ansia di chi fa qualcosa di empio di cui dovrà rendere conto.

A lavoro concluso, passando da un cunicolo, e poi da una porta dietro l'organo a canne, il gruppetto era uscito dalla basilica.

I due uomini, il Bargello e Pietra erano quindi scesi dal colle di Carignano e, alla fine della strada, erano stati raggiunti da un birro trafelato che portava con sé l'archibugio con cui era stato ucciso Lorenzo Sauli. L'uomo l'aveva consegnato a Pietra, poi, salutando solo il suo superiore, se n'era andato. Il Bargello aveva quindi congedato i due birri, che si erano subito diretti verso un'osteria, contenti di poter annegare nel vino quella brutta faccenda.

Rimasti soli, Pietra e il Bargello avevano raggiunto la piazza in cui era avvenuta la lite che era costata la vita al Doge. Data l'ora tarda, in giro non c'era nessuno.

« Indicatemi il posto dove si è consumato l'assassinio », aveva detto la ragazza. « E la posizione esatta in cui è stato trovato il cadavere. »

« Proprio là, davanti a quel palazzo rosa », aveva risposto il Bargello. « E il corpo giaceva con i piedi al portone e con la testa verso il centro della piazza. » Poi gli era venuto in mente che la donna gli aveva chiesto di procurarle un pallettone non sparato. Si era frugato in tasca e glielo aveva consegnato. In silenzio, senza dare spiegazioni, Pietra lo aveva messo nel tascone del vestito. Poi, armata di forcella, si era mossa nell'ampio spazio aperto, perlustrando ogni cosa per un'ora buona. Infine, con aria costernata, si era avvicinata al Bargello e aveva detto: « Mi spiace, non percepisco nulla. È come se ci fosse una coltre di nebbia tutt'intorno. Sembra un sortilegio ».

« Sei solo una ruffiana e una bugiarda », era sbottato l'uomo. Poi si era allontanato, raggiante in cuor suo per il fallimento della ragazza.

⁂

Il mattino seguente, armata dell'archibugio, Pietra aveva bussato alla porta dell'abitazione del Doge Agostino Doria. Dopo aver controllato che l'arma da sparo fosse scarica, una guardia solerte le aveva dato il permesso di entrare, giacché era attesa.

Così, seguendo un corridoio illuminato da fiaccole appese alle pareti, la donna si era trovata di nuovo al cospetto del Serenissimo, che l'aspettava assiso sullo scranno dietro la scrivania, intento a sbocconcellare un dolce detto « pane del marinaio », farcito con uva di Corinto, pinoli e canditi.

Dopo aver salutato con deferenza, Pietra aveva posato per terra l'archibugio ed era andata subito al punto: « L'uccisione del Doge Lorenzo Sauli è stata portata a termine da più persone in combutta tra loro ».

« Un complotto, dunque. Ne sei certa? »

« Sì », era stata la decisa risposta.

« Prosegui, dunque », l'aveva esortata il Doge, protendendosi in avanti per non perdere una sola parola.

« La bacchetta ha avvertito una peculiarità nel pallettone che ho trovato nel petto del cadavere del vostro predecessore. » Aveva mostrato il proiettile nel palmo della destra. « Il mio strumento mi ha segnalato con chiarezza che questo pallettone non è stato sparato dall'archibugio che ho ai miei piedi, l'arma che si dice abbia ucciso il Serenissimo Lorenzo Sauli. »

Il Doge aveva allontanato il piatto con il dolce, aspettando con ansia che Pietra continuasse.

« Stanotte ho fatto una prova. Con questo stesso archibugio, ho sparato un proiettile, mirando a una balla di fieno, così ho potuto recuperarlo. » E aveva aperto la mano sinistra, che conteneva un secondo pallettone. « Se questi proiettili fossero stati sparati dalla stessa arma, sarebbero solcati per il lungo dalle medesime righe. In virtù delle inevitabili imperfezioni della canna, i pallettoni di uno stesso archibugio sono marchiati nell'identico modo. Ebbene il pallettone trovato nel cadavere ha righe differenti. Segno certo che è stato sparato da un altro archibugio e non da questo, trovato in mano all'assassino. Controllate voi stesso. »

Il Doge aveva osservato le differenze tra i due pallettoni, prendendoli in mano e rigirandoli più volte tra le dita.

« Credo di potervi dire, grazie alla mia forcella, come sono andate davvero le cose, quel giorno », aveva ripreso Pietra. « L'uomo catturato dai vostri soldati, e che si è dichiarato colpevole, ha messo in scena la lite e ha finto di sparare, mentre un compare ben appostato, con la possibilità di prendere la mira, ha esploso il proiettile letale centrando il cuore del Serenissimo Lorenzo Sauli. »

Il Doge si era alzato e le aveva restituito i pallettoni. « La lite era dunque una trappola », aveva commentato.

« Il litigio è servito al falso uccisore come attenuante per chiedere clemenza, per sostenere di fronte al magistrato che si era trattato di un fatale incidente.»

Dopo una pausa, il Doge aveva sospirato. «E tutto questo intrigo l'ha scoperto la tua bacchetta da rabdomante?» aveva poi chiesto con aria scettica.

Pietra aveva cercato di misurare le parole, ma si era lasciata trasportare dalla foga. E adesso era certa che la sagacia del Doge era arrivata a intuire il suo acume dietro l'inutile pezzo di legno. Allora aveva imbracciato l'archibugio e, ignorando la domanda, aveva proseguito: «L'archibugio è assai difficile da maneggiare e per nulla preciso. Per sparare un colpo dritto al cuore bisogna avere un punto d'appoggio e del tempo. Tutte cose di cui non può disporre un uomo che sta litigando e che spara in un eccesso d'ira. È facile pensare che il falso assassino si sia prestato alla tresca per soldi o per un ricatto o per una minaccia...»

Il Doge si era avvicinato alla porta e l'aveva aperta, urlando: «Chiamatemi il Bargello!»

Giacomo Basso era arrivato così in fretta che il Doge aveva sospettato stesse origliando il colloquio con la donna. Su sollecitazione del Doge, Pietra aveva ripetuto ciò che aveva scoperto, precisando che non era stato merito suo, ma della bacchetta biforcuta, poiché lei da sola nulla avrebbe potuto.

Ogni parola della giovane sembrava marchiare a fuoco il Bargello, sul cui viso si leggeva un livore misto a rabbia trattenuto a stento.

Accorgendosene, Pietra aveva mormorato: « Naturalmente, se non avessi avuto il vostro aiuto, signor Bargello, non avrei mai scoperto la verità sull'intera faccenda e... » Si era però interrotta, rendendosi conto che rischiava di rendere la piaga della vergogna ancora più purulenta.

Il Doge non aveva avuto la stessa delicatezza della donna e si era messo a insultare l'uomo, definendolo un incapace vestito di rosa.

« Possiamo scoprire subito se le cose stanno come dice la Tunisina », aveva replicato il birro, con un tremito nella voce e fissando la donna con uno sguardo di puro odio. « M'incaricherò personalmente d'interrogare il prigioniero... »

Aveva fatto per andarsene, ma il Doge lo aveva trattenuto per un braccio. « Verrò anch'io. Di voi e della vostra incompetenza non mi posso più fidare. E tu, Tunisina, seguici », aveva concluso, rivolto a Pietra.

Giunti alla cella del prigioniero – che, vedendo quel singolare terzetto, si era quasi trasfigurato per la paura –, era stato chiamato il boia e il Bargello gli aveva ordinato di sottoporre l'uomo alla tortura dell'acqua. Così, con l'aiuto dei secondini, il boia aveva immobilizzato il detenuto e, dopo averlo legato alla branda, lo aveva costretto a ingoiare dell'acqua, facendola colare attraverso un pezzo di seta posto sulla faccia dell'uomo. Sotto la pressione del liquido che scorreva in bocca e nelle narici, al torturato mancava il respiro e aveva l'impressione terrificante di morire soffocato. Dopo breve tempo, il prigioniero aveva chiesto pietà, e l'aveva ottenuta in cambio di una lista di nomi e di una confessione piena.

A ogni nome, il Doge scrollava la testa, in segno di biasimo all'indirizzo dei congiurati e del Bargello, colpevole di non aver neppure sospettato cosa si nascondesse dietro il delitto del suo predecessore.

Alla fine, il Doge si era girato verso la donna, facendole cenno d'avvicinarsi. « La Repubblica sa essere riconoscente », aveva detto, mettendo in mano a Pietra una moneta d'argento, calda della sua stretta prolungata.

Ma Pietra sapeva che, oltre a una moneta, aveva ottenuto anche altro: un nemico in più da cui guardarsi, il Bargello.

* * *

Genova,
3 marzo 1601

Fissando Pietra con malcelato odio, il Bargello incrocia le braccia dietro la schiena. « Tunisina... »

Con modestia, la ragazza lo interrompe: « Perdonatemi, signore. Io non sono tunisina, ma genovese. Mi chiamo Petra, per servirvi».

Senza darle retta, l'uomo continua: «... questa notte è stata barbaramente uccisa una donna pressappoco dell'età tua. Trucidata come non si è mai visto. Tra le mani del cadavere della poveretta è stata trovata questa.» L'uomo in rosa le mostra una forcella da rabdomante e prosegue: «Ti appartiene?»

«No.»

«Sicura? Oltre a te, non ci sono altri rabdomanti in città.»

«Eccellenza, benché questo legno abbia le fattezze di uno strumento da rabdomante, non è tale.»

«Spiegati meglio.»

«Questa bacchetta è stata ricavata da un ramo di cipresso e l'unto che esso secerne impedisce che funzioni a dovere. È inadatta allo scopo, come tutti i legni resinosi. È di certo opera di un profano. Forse per l'assassino ha un significato al di là dell'uso e...» Pietra smette di botto di parlare, pentita di aver detto troppo. Si è convinta che per una donna sia meglio non mostrarsi intelligente davanti a un uomo, soprattutto se è anche un birro.

Giacomo Basso rimugina un po', tamburellando con le dita sul ripiano del tavolo. «Devi comunque venire a vedere il cadavere. Questa forcella deve pur voler dire qualcosa. Magari conoscevi la vittima.» Poi, con piglio deciso, si avvia alla porta.

Pietra prende lo scialle al volo e lo segue, ubbidiente, sapendo di non poter fare altrimenti.

Subito fuori dalla casa, però, il segretario del vescovo la ferma, mettendole una mano sul braccio, mentre il Bargello è di spalle. A gesti, Pietra gli fa capire che è obbligata a seguire l'uomo del Doge. Il prete spazientito si stropiccia la tonaca e, ricacciandola dietro i polpacci, se ne va, lasciando una scia odorosa d'incenso e di cera.

* * *

Dopo una lunga passeggiata senza parole, Pietra e il Bargello entrano nell'ospedale di Pammattone e attraversano un corridoio che s'inabissa nelle fondamenta. Passate alcune camerate stracolme di malati stesi sui pagliericci addossati ai muri, arrivano in uno stanzone privo di finestre.

Su un tavolo di marmo giace il corpo di una giovane donna. Mani pietose le hanno coperto con una cuffietta scura gran parte della testa e del volto, perché non si veda lo scempio che ne ha fatto l'assassino. Soprattutto forse perché non lo vedano i due maschietti e la femminuccia che sono lì a fianco e che arrivano a malapena con gli occhi all'altezza del ripiano. I tre non piangono: l'hanno già fatto.

Ai piedi del cadavere c'è una donna, forse un'amica, forse una vicina di casa: sta mormorando che di certo l'ultimo pensiero della defunta è andato ai figli, ora orfani di madre e da sempre di padre, marinaio e farabutto. Alzando la voce, la donna promette solennemente alla morta di occuparsi di crescere le creature. I bimbi spostano lo sguardo da lei al corpo disteso della madre. Sanno che non si rialzerà più: non è la prima volta che vedono un cadavere. Sono tempi in cui s'impara a conoscere prima la morte che la vita.

Pietra scosta il copricapo, badando a nascondere con il proprio corpo quello che va scoprendo, in modo che i figli non vedano. Pur avendo poco tempo, esamina con attenzione il cadavere. Le ferite alle tempie sono profonde. Le guance mostrano solo poche lacerazioni, come se alcuni colpi fossero andati parzialmente a vuoto. Esaminando la postura e i vestiti del cadavere, Pietra si rende conto che la poveretta è stata devastata. Sembrano le ferite di chi cade da una scogliera e finisce sulle rocce che affiorano dal mare.

La morta ha qualcosa di vagamente familiare, ma Pietra non saprebbe dire cosa. Sottovoce, parla al Bargello: «Non conosco questa donna. Mi spiace, ma non so come esservi utile».

Deluso, l'uomo fa cenno alla rabdomante di togliersi di mezzo. «Vai per la tua strada, Tunisina. Ma sappi che con te non ho certo finito.»

«Sapete dove trovarmi, eccellenza.»

Maledicendo il birro e la morta, Pietra si allontana in fretta dall'obitorio.

Una strana inquietudine l'avvolge; ha la sensazione che quello sia solo l'inizio, che un mistero indefinibile la stia braccando per ghermirla.

VII

Una galea fende le onde del mare livido di fronte alla città di Napoli. I remi escono dallo scafo come aculei d'istrice. Scavano l'acqua con ritmo sempre uguale. La nave ha una coda lunghissima di spuma bianca e verde con cui sembra pavoneggiarsi, suscitando la gelosia delle imbarcazioni che incrocia.

È la Galea Capitana della flotta genovese. Le altre sono la *Padrona*, la *Santa Maria*, la *San Giovanni Battista*, la *Vittoria*, e la *San Giorgio*. Sono sparpagliate per il Mediterraneo, ognuna per sé e il vento per tutte.

A bordo, i remiganti sono oltre duecento e si dividono in tre categorie: gli schiavi, i forzati, che devono scontare la loro condanna incatenati ai remi, e i buonavoglia, uomini liberi che s'imbarcano per denaro e per fame. Su questa galea, come su tutte quelle ponentine, vige la regola del terzo: i rematori devono essere equamente divisi fra le tre tipologie, per garantire l'ordine e la sicurezza.

Gli uomini da remo della Galea Capitana sono incatenati ai banchi e prendono cadenza dagli spallieri, i remiganti dei primi due banchi di poppa. Sono loro, uomini d'esperienza e di forza bruta, a dettare l'andatura della nave. I due si chiamano Giovanni e Nico e si somigliano come fratelli.

I conigliери, i rematori che occupano i due banchi di prora, hanno l'incarico di particolari manovre dell'albero di trinchetto. Uno di loro ha un occhio sfregiato, chiuso da una profonda cicatrice, mentre l'altro non smette mai di ciarlare in una lingua sconosciuta.

Al resto dei rematori, sistemati alla maniera della nuova voga, detta a galloccia, vengono imposte solo una resistenza e una rassegnazione da animali da soma.

Un rematore spicca in altezza su tutti. È a torso nudo e i muscoli poderosi guizzano sotto la pelle. I polsi spessi come rami di quercia sono fasciati da strisce di cuoio trapuntate da borchie. Ha bicipiti straordinari, che sviluppano la forza di diversi uomini. I due remiganti incatenati al suo stesso remo non riescono a stargli dietro. È un vogavanti e, come vuole il suo ruolo, occupa il posto più interno del banco e impugna il manico del remo, mentre i compagni si devono accontentare della parte piatta. Per essere un vogavanti, un remigante non deve temere la fatica sino allo sfinimento.

All'altezza del cuore, ha un tatuaggio recente: un'immagine stilizzata della Madonna di Santiago di Compostela, assisa su una conchiglia, mentre regge il Bambino, ambedue con una corona in testa. Un marchio che solo chi ha affrontato il lungo pellegrinaggio può esibire come prova della propria devozione. Un'impresa di cui andare fieri, visti le difficoltà e i pericoli che si devono affrontare. I capelli dell'uomo sono unti, spartiti da una riga nel mezzo e tirati indietro a coprire le orecchie minute. Il suo viso, di una bellezza infantile, è incorniciato da una barba ispida e irregolare.

Quest'individuo si chiama Marcus ed è un buonavoglia. Ha una pessima reputazione, non perché sia sfaticato – al contrario – ma perché spadroneggia nell'intera nave. È prepotente, violento, animato da una perfidia che sta alla pari con la sua forza eccezionale. È il dispotico monarca di un popolo di mala carne incatenato ai remi. Sulla galea, tutti lo sanno. E tutti lo temono.

Tre delfini affiancano l'imbarcazione, incuriositi dal movimento dei legni. Marcus li vede, sbirciando dal buco di manovra del remo, e fischia per attirare la loro attenzione. Un delfino risponde, facendo schioccare il foro che ha all'apice della testa.

Distratto da quello spettacolo, l'energumeno decide che è tempo di concedersi una pausa. Fingendo che gli sia scivolato il manico del remo, colpisce con una gomitata lo schiavo che ha accanto. Il poveretto sanguina dalla bocca e sputa un dente sano. Ma, per via delle catene che lo legano al banco, non può neppure portare la mano alla ferita.

Alle urla dell'uomo colpito, arriva un sorvegliante armato di frusta. Marcus lo fissa e sogghigna; il guardiano solleva la frusta ma, non osando calarla su di lui, colpisce lo schiavo innocente.

Nel baccano che segue, sopraggiunge un ufficiale. Ha visto tutto, ma neppure lui osa formulare un'accusa diretta. « Siamo certi che sia stato un incidente? » chiede a Marcus.

« Mettete in dubbio la mia onestà, signore? » replica l'altro con fare canzonatorio.

L'ufficiale si sistema la cintura, tanto per fare qualcosa. Poi ordina: « Portate via lo schiavo per curargli la mascella e sostituitelo con uno fresco ».

Marcus fissa gli altri rematori. Nessuno sostiene il suo sguardo.

Dopo parecchio tempo, un nuovo rematore è incatenato stretto al banco e afferra la sua parte di remo, badando a stare il più discosto possibile da Marcus. L'energumeno lo nota e scoppia a ridere.

La risata si spande per la galea, fino a spaventare un gabbiano sulla cima del pennone.

Genova è ancora lontana.

VIII

Genova,
3 marzo 1601

Dall'obitorio dell'ospedale di Pammattone, Pietra si dirige verso casa. Nel tragitto, incontra dei giovani mascherati a caccia di persone da burlare. Riconoscendola, nessuno osa importunarla.

Sulla porta dell'abitazione, ad attenderla, c'è il segretario del vescovo. Avendo visto il Bargello condurla via, il prete sa che non se la può prendere con la ragazza, ma è comunque intenzionato a farle una tignosa ramanzina: « Da quando le esigenze di sua eminenza il vescovo vengono dopo le tue, Tunisina? Oltre che con il demonio, fai affari pure con i birri. Sei anche delatrice? »

Controvoglia, ben sapendo che è inutile, Pietra risponde con la calma della prudenza: « Vi chiedo umilmente perdono, ma come avete visto non è dipeso dalla mia volontà. Il Bargello mi ha condotto da una morta e mi ha chiesto se la conoscevo, tutto qui ». Esita, poi decide di proseguire: « Ancora una volta, e sempre umilmente, vi dico altresì che con il diavolo l'arte mia non c'entra. D'altronde, anche Mosè era un rabdomante».

Senza sapere a cosa la ragazza si riferisca, il rubicondo prete si stropiccia la veste, com'è solito fare nei momenti d'imbarazzo.

Pietra preferisce parlare il meno possibile. Più parole si dicono, più ci si scopre, rivelando troppo di se stessi, pensa. Però stavolta ha un buon argomento e non sa resistere. Socchiude gli occhi, per ricordare meglio, e riprende: «È scritto nella Bibbia. 'Et assetò qui il popolo per le acque et mormorò il popolo contro a Mosè, e disse perché ci facesti ascendere di Egytto, per far morire noi, et i figlioli nostri et le pecore per la sete? Et clamò Mosè al Signore, dicendo che cosa farò a questo popolo anchora di poco che lapiderà me: E disse il Signore a Mosè, trapassa avanti al popolo e togli teco de vecchi d'Israel e la virga tua con la quale percotesti il fiume, piglia ne la mano tua e andrai. Ecco io sto avanti a te, quivi sopra la pietra ch'è in Horeb, et percuoterai la pietra e usciranno acque di quella, et berrà il popolo e fece così Mosè ne gli occhi de vecchi di Israel'».

Ritenendo – a ragione – che la Tunisina delle Sacre Scritture conosca unicamente quelle poche righe, il segretario del vescovo taglia corto: «Non sono venuto fin qui per sentire recitare la Bibbia da una che ha vissuto più con i mori che con i cristiani».

Pietra comprende che è meglio smettere di prendersi burla di lui prima che l'ottuso prete se ne accorga. « Ditemi, vi prego: come mai vi siete incomodato a venire a casa mia per ben due volte? »

« Voglio sapere dell'affare delle false reliquie che sta a cuore all'illustrissimo vescovo e che hai tardato oltre ogni misura a soddisfare. »

Pietra sa che tergiversare oltre sarebbe pericoloso, quindi ammette: « Mi mancava lo strumento giusto per la bisogna. Ora che ne sono in possesso, sono pronta ». Traendo un lungo sospiro per darsi risolutezza, entra in casa, per uscirne subito tenendo tra le mani una bacchetta d'osso di balena, sottile e flessibile, lunga circa tre spanne. « Possiamo procedere, eccellenza », annuncia.

Il prete fa un cenno e, da dietro una pila di balle di fieno, si materializza un mercenario in armi, del tipo che la Chiesa è solita usare per incarichi delicati e sporchi: faccia da gaglioffo, spalle larghe, vita stretta, poco sale in zucca e anima latente.

Tenendosi discosto, l'uomo fa da scorta ai due che intanto si sono incamminati a passi svelti.

Oltrepassate le mura della città, Pietra afferra l'osso con entrambe le mani, tenendo l'estremità sottile protesa in avanti. Asseconda i movimenti del frammento candido e segue ogni scarto sia in avanti sia di lato. Attraversa così piazze, corti, carruggi. Spesso compie repentini cambi di direzione e il prete e il mercenario faticano a starle dietro, spiazzati come sono da ogni deviazione di percorso.

D'improvviso, lo strumento si muove in modo convulso e punta verso i monti. La ragazza si ferma. Il segretario del vescovo la interroga con lo sguardo. Lei non ci bada e continua a prestare attenzione ai movimenti della verga d'osso di balena.

« Ci siamo, ne sono certa. Da quella parte si trova ciò che andiamo cercando », assicura Pietra con espressione decisa. E avanza, correndo come se fosse spinta da una forza invisibile che quasi la solleva da terra. Gli altri due la seguono senza perderla di vista, ritrovandosi ben presto a corto di fiato.

Percorsa una crêuza in salita, superati alcuni cipressi, Pietra raggiunge un basso casolare. Sembrerebbe abbandonato se non fosse per il fumo denso che esce dal comignolo, sormontato da una pietra piatta d'ardesia.

Portando al naso il dito indice, la ragazza si rivolge sottovoce agli uomini. « Restate nascosti dietro il cespuglio, in silenzio, e aspettate il mio ritorno. »

Il prete fa un cenno perentorio di diniego. « Non te lo permetto. Io verrò con te. Ti voglio tenere d'occhio, strega. » E, come per rafforzare la sua determinazione, afferra la ragazza per un polso.

Invece il mercenario sa qual è il suo compito e rimane di guardia.

Il prete e la giovane perlustrano circospetti il perimetro del casolare. Trovano una porta socchiusa sul retro ed entrano. All'interno, i raggi del sole penetrano, facendosi largo da diversi squarci nel tetto, come spade di luce nel cesto di un fachiro.

Quello che appare agli occhi dei due è quanto di più irreale, assurdo, terrificante sia mai capitato loro di vedere.

In un angolo, un capriolo annusa la carcassa di un suo simile, smembrato solo di una zampa e morto dissanguato, a giudicare dalla pozza rossa in cui è disteso.

Altri sguardi acquosi emergono dalla penombra. Almeno cinque cani sono rinchiusi in una gabbia che basterebbe a malapena per due polli. Sono spellati e coperti di ferite slabbrate: probabilmente si sono massacrati a vicenda nel vano tentativo di fuggire da quella prigione. E adesso, esausti, sconfitti, ansimano e giacciono inerti, così intrecciati tra loro da rendere impossibile capire quanti realmente siano e a chi appartengano le singole parti anatomiche.

Lì a fianco, su una graticola, sono messi ad affumicare sei piedi umani, tre cosce recise al ginocchio e un braccio tagliato alla spalla. La carne avvolta dal fumo emana un odore acre.

Pietra la nota per prima e gira di scatto il viso per non essere corrotta dalle fiatate di fumo, poi si allontana un poco, mettendo l'asticella d'osso di balena nella cintola, dietro la schiena, così da avere le mani libere.

Quando vede quell'orribile spettacolo, il segretario del vescovo sbarra gli occhi e, per proteggersi, si copre il naso con la manica ampia. Ma gli umori corrotti lo raggiungono e gli procurano un conato di vomito.

Pietra lo ignora. Sta osservando una cesta di vimini colma di terra, nella quale c'è una testa, spiccata dal collo, con una peluria lanuginosa e rada che copre le guance violacee. Un occhio è chiuso; l'altro, aperto, guarda supplice e fesso verso l'alto, mentre uno sciame pigro di mosche continua a fluire dalle nari.

Più avanti nella stanza, su un telo di canapa disteso a terra e coperto da un monticello di cenere, c'è un'altra testa, questa volta di un vecchio con la lingua penzoloni. Con quella sua ultima linguaccia, pare schernisca la ragazza, il prete e l'inferno tutto.

Accanto, sopra un tavolaccio lordo d'ogni sudiciume, sono ammonticchiati numerosi peni. Pietra non può fare a meno di notare che alcuni sono circoncisi, alla maniera degli ebrei. Parecchi anelli di prepuzio rinsecchiti sono contenuti in un barattolo trasparente. Sotto il tavolaccio, i resti di un maiale svuotato degli organi interni tengono compagnia alla polvere.

Barcollando, come per sottrarsi a quell'orrore, il prete si avvicina a un pentolone che bolle su un fuoco ben avviato. Nel liquido affiorano delle ossa. Molte sono incrostate di carne rossastra, altre sono completamente spolpate. Ci sono femori, bacini, ulne e persino un cranio abnorme. Ogni tanto, dai bordi del pentolone, esce della materia schiumosa.

Lo sguardo di Pietra cade su un cesto dove sono ammassati degli stracci. Spostandoli con cautela, la ragazza si accorge che sono lembi strappati di un vestito di pregio, mischiati a pezzi di un saio da frate.

In un quadrato di legno, appeso alla parete in fondo, sono sistemate mannaie e scuri di peso e misure differenti. Un attrezzo in particolare attrae la curiosità della giovane: un'ascia con il manico lungo e due lame opposte. Uno strumento così è capace di tranciare una persona in un colpo solo, pensa lei, saggiando il filo della lama. Una riga di sangue appare a metà dell'indice.

Con riluttanza, Pietra solleva un sacco di iuta chiuso e ne svuota il contenuto sul pavimento. Con rinnovato ribrezzo, i due scoprono che si tratta della metà del corpo di un uomo, dalla cintola in su. Il tronco è in avanzato stato di decomposizione, buono solo per i vermi, che dimostrano infatti di gradirlo. I due distolgono lo sguardo e lo appuntano su un'altra parete. Lì, a vari ganci, sono appese membra umane difficilmente identificabili e altre dall'apparente provenienza bestiale. Se non fosse immersa in questa scena demoniaca, tutta quella carne parrebbe la mercanzia esposta in una bottega di norcino.

Il segretario del vescovo parla più per sé che per la

ragazza: «Non ho mai visto una fabbrica di false reliquie così fornita. Certo non perdono tempo con le schegge della croce, con il latte della Madre di Cristo, con qualche manciata di fieno della mangiatoia, con le creste del gallo di Pietro, con i trucioli della bottega di san Giuseppe e altre baggianate simili».

Pietra lo fissa, in silenzio. Sa bene che le sue considerazioni non sono richieste.

«Qui si fanno *reliquiae insignes*, le meglio pagate, quelle con pezzi di corpo di santo.»

Senza nessun motivo, Pietra si mette a contare quante mani rinsecchite sono contenute in una pignatta ancora tiepida.

Il prete continua a dissertare, perché la paura non abbia il sopravvento su di lui e non sfoci in panico: «Oltre ai cadaveri, persino alcune membra d'animali servono all'inganno di questi individui senza Dio. Gli organi interni dei maiali sono simili a quelli di un essere umano. Una zampa di capriolo dissimula in modo convincente un braccio d'uomo rattrappito dalla morte; basta avere l'accortezza di ricoprire l'arto della bestia con la manica di un vestito costoso o di un saio da frate. Basta poi spergiurare che sono stati trovati in Terra Santa e il raggiro è fatto». Continuando a scrutare intorno, aggiunge: «E le parti del cadavere che si vogliono far passare per sante reliquie sono sporcate di terra per farle sembrare dissepolte. Poi si affumicano perché appaiano antiche e si conservino ».

Pietra si allontana un poco per osservare un crogiuolo che reca tracce di un metallo chiaro. Il prete se ne accorge e puntualizza: « Quello è argento. Serve per impreziosire alcune reliquie, in particolare per rifinire i pezzi terminali come polsi, tibie, omeri... »

« È meglio tacere, ora », gli mormora Pietra, con le orecchie tese a cogliere ogni minimo rumore.

Il prete non se ne dà per inteso e continua a ciarlare, spaventato come un bambino dal silenzio e dalla penombra. « Una frode lucrosa e ingegnosa. In un certo senso, questi maledetti da Domineddio, e immodestamente anche da me, sono degli artisti », sentenzia, mentre gira lo sguardo in quello che gli sembra il tempio di una divinità oscenamente perversa ed empia.

D'improvviso, la porta si spalanca, facendo trasalire la ragazza e il prete. Spinto a forza, entra il mercenario, arcigno. Dietro di lui, un uomo giovane e di membra nervose lo tiene sotto la minaccia di due asce puntate all'altezza delle reni. L'uomo armato intima agli intrusi: « Fate un solo gesto e vi uccido. Sono giusto a corto di corpi da santificare ». Poi, con un gesto perentorio, ordina al mercenario di avvicinarsi alla donna e al prete.

Il segretario del vescovo è atterrito e sembra sul punto di scoppiare in lacrime. Non si è mai trovato in pericolo di vita e scopre solo ora che il coraggio non è tra le sue virtù.

Pietra assume un'aria indifesa e dimessa. Persino il volto, di colpo, sembra esangue.

L'uomo mulina le asce, pensa che quella ragazza non sia una minaccia e si rivolge al prete. « Come avete fatto a scoprire la mia... diciamo... bottega? »

« È stata lei, la Tunisina, con i suoi poteri da rabdomante, da posseduta dal demonio », risponde in fretta l'uomo.

La ragazza fa un timido cenno d'assenso, come se volesse addossarsi tutta la colpa, si fosse pentita e stesse chiedendo perdono.

Il falsario di reliquie si sente al sicuro. « Avete scovato il mio nascondiglio e ora dovrò cercarne un altro e ci vorrà tempo », dice, arrogante. « Questo nuocerà al mio commercio. È un peccato, perché le reliquie di questi tempi rendono bene, molto bene. Non c'è chiesucola che non ne desideri almeno un paio. » Il segretario del vescovo apre la bocca per dire qualcosa, forse per blandirlo, ma il delinquente ne ha anche per lui: « E i preti come voi, ingordi, si guardano bene dal voler conoscere la provenienza della merce. Sapeste quanti falsi santi ci sono persino nelle cattedrali, con buona pace dei cardinali che fingono di non sapere. Le reliquie donano potere ».

Il falsario rinsalda la presa sul manico delle asce.

I tre comprendono che sta per agire.

In modo del tutto istintivo, l'uomo decide di uccidere per prima la ragazza, perché è così indifesa e rassegnata da fare rabbia.

Con una voce da cardellino, Pietra pronuncia poche, lamentose parole: « Vi prego, signore, vi scongiuro, non uccidetemi... Non dirò nulla... »

L'uomo avvicina un'ascia al petto della ragazza inerme e poi la solleva sopra la sua testa. Ma, prima che la lama cali, Pietra, con la velocità di un ratto, mena una scudisciata con la bacchetta d'osso di balena su entrambi gli occhi del bandito. Un urlo di dolore esplode nella stanza, facendo abbaiare i cani e scalciare il capriolo. Il mercenario si fa sotto, cercando di approfittarne, ma l'altro, benché quasi accecato, ne intuisce il movimento e vibra un fendente, centrando l'aggressore a un polpaccio. Il soldato cade a terra, imprecando.

Il prete si getta in ginocchio, prega e non s'impiccia.

Furibondo, il falsario si scaglia contro Pietra, che è rimasta immobile, remissiva. È ancora convinto di poterle infliggere tutto il male che vuole. Decide di colpirla con il manico dell'ascia, così da stordirla, e alza l'arma, mentre la giovane cerca di ripararsi, portando le mani alla testa.

Quando, nella mano di Pietra, appare uno spillone di ferro lungo un palmo, lo stupore dell'uomo è tale che i suoi occhi feriti si spalancano. Ma è ormai tardi per tentare una qualunque difesa, e all'uomo non resta che osservare il movimento della donna che fa penetrare l'insolita arma nel suo costato, giusto sotto l'ascella, dalla parte del cuore. Neppure un lamento accompagna l'anima del falsario mentre precipita nella Geenna.

La donna gli alita in faccia una frase che gli altri due uomini non sentono.

« Pietra è il mio nome. »

IX

Come se fossero consapevoli della morte del loro aguzzino, i cani smettono di abbaiare e il capriolo di girare in tondo.

Pietra ripone la bacchetta d'osso nella cintola, neanche fosse la spada della giustizia divina.

Ora che il pericolo è passato, il prete ritrova baldanza e soccorre il mercenario, tamponando la ferita da ascia con un fazzoletto, mentre l'altro farfuglia qualche scusa. Si è comportato da inetto e ha timore d'essere cacciato.

Poi, d'un tratto, il prete si disinteressa del ferito e si rivolge a Pietra. « Tunisina, vattene. Non voglio che ti si accusi d'omicidio. Ti coprirò io. »

La giovane sa bene che quella è una manovra del segretario per prendersi il merito agli occhi del vescovo. « Credo che abbiate un'altra ragione, assai meno nobile, per farmi andar via e... »

Il prete la interrompe in modo brusco: « Non posso tollerare che si dica in giro che la curia di Genova chiede i servigi di una persona come te, di una mezza serva di Satana ».

« Voi siete in malafede. Sapete che io... »

« Dirò che a uccidere il falsario di reliquie è stato questo mercenario. Nessuno potrebbe credere che a farlo sia stata una donnicciola insulsa come te. »

« Ascoltatemi bene... »

Ancora una volta, il prete non lascia che la ragazza porti a compimento la frase. « Taci. So cosa vuoi dire. Sarai ricompensata, non temere. Sparisci. » Il tono del segretario del vescovo, prima calmo, si è improvvisamente alzato, per rimarcare l'ordine.

Pietra si gira ed esce da quel macabro casolare, tenendo una mano sul naso per proteggersi dalla puzza che ora le sembra più penetrante e nauseabonda.

Ancora una volta, si rallegra d'essere riuscita a nascondere il suo acume dietro lo strumento da rabdomante. Ancora una volta, ha constatato che è più facile tollerare il potere di un'asticella d'osso che l'intelligenza di una donna. Ed è meglio così, riflette, ricordando come la faccenda delle false reliquie aveva avuto inizio.

❋ ❋ ❋

Il vescovo era intenzionato a stroncare il commercio delle reliquie false, per timore che quell'abbondanza sviasse i fedeli dalla venerazione delle reliquie autentiche. Dopo aver preso atto del misero fallimento dei suoi sgherri, e nonostante l'opposizione decisa del segretario, sua eminenza aveva quindi deciso di rivolgersi a Pietra, che già altre volte aveva svolto incarichi delicati per lui, rispettando la consegna del segreto.

In cerca di una pista che la conducesse ai falsari, la ragazza aveva cominciato a girare le bettole del porto, i posti preferiti dai manigoldi per vantarsi delle truffe riuscite. Non doveva neppure fare domande, esporsi. Le bastava rimanere in disparte e le canaglie, vedendola così inoffensiva, parlavano liberamente con i compari, come se lei non ci fosse.

Una notte, aveva adocchiato un individuo sospetto e, non appena lui era uscito dalla taverna, l'aveva seguito. Purtroppo, una lite tra gatti l'aveva distratta, facendole perdere le tracce dell'uomo già all'inizio della crêuza grande che portava verso le alture. Stizzita con se stessa, si era seduta su un sasso a riflettere, attorniata da pini marittimi con i rami piegati da quell'architetto chiamato maestrale. E, a un certo punto, aveva avuto una specie d'illuminazione: un commercio di reliquie doveva per forza alimentarsi di corpi da smembrare. Quindi, per trovare i falsari, bisognava scoprire dove si approvvigionavano. Si era alzata e, con ritrovato entusiasmo, si era messa a perlustrare la zona.

In breve, aveva trovato ciò che cercava: un camposanto.

La notte seguente, Pietra si era appostata all'interno del piccolo cimitero incustodito, dietro una statua di marmo raffigurante un angelo ad ali spiegate.

Le ore passavano, ma non si vedeva nessuno.

Quando ormai stava per desistere, finalmente aveva scorto un uomo che avanzava, con una vanga in una mano e con una bottiglia nell'altra, per darsi coraggio. Era certa che si trattava dell'individuo che lei aveva seguito fuori dalla bettola la notte precedente.

Il profanatore di tombe si era messo a scavare e, dopo parecchio tempo, aveva disseppellito una bara. Ne aveva allora tolto il coperchio, portando alla luce della luna il corpo esile e quasi intatto di un ragazzo dell'età apparente di vent'anni. Aveva quindi preso da sotto la giubba un mannarino - un arnese a lama larga usato dai macellai - e con quello aveva asportato una gamba e un braccio del morto. Infine, soddisfatto, se n'era andato, con il bottino chiuso in un sacco.

Seguire il falsario di reliquie senza che se ne accorgesse non era stato difficile per Pietra, abituata da sempre a essere d'ombra.

Nel giro di neppure la metà di un'ora, il profanatore di tombe era entrato in un casolare, dal cui comignolo sbuffava un fumo nero. Con circospezione, Pietra aveva sbirciato all'interno da una finestra malandata e aveva visto ciò che c'era da vedere.

Quando il segretario del vescovo si era presentato alla sua porta, qualche giorno dopo, aveva semplice-

mente inscenato la solita commedia c
da rabdomante, sapendo già dove lo
vrebbe portata.

❋ ❋ ❋

Mentre le gambe la conducono verso casa, Pietra riflette su quanto la gente sia disposta a credere alle cose più assurde. Su quanto siano cieche le persone, per non dire stupide.

Con un sorriso, rammenta che in una chiesa di Genova si venera la coda dell'asino su cui Gesù ha fatto il suo ingresso a Gerusalemme. Però un altro asino, con cui il Figlio di Dio ha compiuto il medesimo viaggio, è custodito in una chiesa di Vicenza ed è completo di coda. Se le schegge della Santa Croce fossero tutte autentiche, farebbero un cumulo più alto dello stesso monte del teschio, il Golgota. E quanti prepuzi aveva Cristo? Solo nei paesi intorno a Genova almeno quattro chiese ne vantano il possesso. Da diversi mesi c'e stato un proliferare di offerte di false reliquie. Vengono smerciate nell'angiporto, nelle locande, nei lazzaretti, nei mercati e ovunque alberghi la credulità, ma i posti migliori sono proprio le chiese. Non è facile per la Curia scovare le reliquie false, poiché sono gli stessi parroci che le comprano, spesso a cifre esorbitanti. Sanno bene che una parrocchia con una reliquia è fonte di guadagni, giacché attira i fedeli a frotte.

Nel carruggio che porta alla Commenda di Prè, che un tempo serviva da ospedale per i pellegrini che s'imbarcavano per la Terra Santa, un uomo pelato cammina, reggendo sulla schiena una gerla colma di mele. Passandogli accanto, Pietra ne ruba una e l'addenta. Sentendo un rumore, il contadino si gira, ma la ragazza fa in tempo a nascondere il frutto e ad assumere un'aria innocente. L'uomo prosegue il cammino.

Pietra raggiunge i trogoli di Santa Brigida, dove una donna grassa sta lavando alcune misere brache di tela. Nel vederla, la lavandaia la saluta, garrula, chiamandola Tunisina. Lei la ignora e attraversa la piazza, badando a non essere travolta dalle carrozze in transito.

In quell'istante, una sagoma indistinta passa accanto a Pietra.

«Solo la Madonna ti può aiutare.»

La ragazza si gira di scatto. Ha sentito bene? Chi le ha detto quella frase? Ed era rivolta proprio a lei?

Scorge un cocchiere vestito di nero, con il bavero alzato. Ma l'uomo sparisce dietro un angolo e sembra dissolversi nella città.

X

Genova,
4 marzo 1601

Di primo mattino, il martello di un fabbro che batte sull'incudine, in un'officina poco distante, esorta Pietra a rassettare la stanza seguendone il ritmo cadenzato. La giovane non resiste a quella sollecitazione e ne ride.

Dal carruggio, due bimbi saltano sulle punte per sbirciare dalla finestra la Tunisina. Sono curiosi di sapere se è in casa. I genitori hanno detto loro mille volte di stare lontano da quella mezza bagiura, ma la tentazione è troppo grande.

Dopo averla scorta nella stanza, corrono via, gridando, ma solo per gioco.

Con la mano aperta, Pietra liscia le pieghe della coperta ruvida sul letto. La nonna dorme sulla sedia, emettendo un sibilo continuo.

La nipote si è convinta che cerchi di dormire il più possibile perché spera che la morte la colga nel sonno e lei non debba vederla in faccia.

Mentre la ragazza sprimaccia il cuscino, si sente un perentorio bussare alla porta. Sorpresa, Pietra va ad aprire e si trova davanti una donna smunta, con un bimbo in braccio che piange senza possibilità di consolazione.

« Tunisina... » esordisce la donna con fare sbrigativo.

Pietra sa che la chiamano così, ma nessuno si deve rivolgere direttamente a lei in quel modo. « Io non sono tunisina », replica, secca. « E non lo sono soprattutto per chi viene a chiedere il mio aiuto. Chiamatemi Petra. »

Intimorita, la visitatrice si affretta a rimediare: « Vi domando perdono ». Ora che l'espressione del volto della giovane è meno tesa, la donna continua: « Petra, dovete aiutarmi. Il mio bambino piange da ore e io non so come consolarlo. Non capisco dove abbia male, e lui non è grande abbastanza da dirmelo ».

Senza dire una parola, la ragazza rientra in casa e torna con una bacchetta di legno, corta e appuntita.

Intanto una piccola folla di curiosi si è assiepata intorno alla rabdomante e alla madre in pena.

Come se avesse una vita propria, e non fosse manovrato da Pietra, lo strumento di legno indica deciso diversi punti del corpicino sofferente.

Specie quando c'è gente intorno, la ragazza agisce con estrema prudenza. Molti praticanti dell'arte della forcella finiscono per attirare su di sé il sospetto di pratiche diaboliche e spesso sono condannati ai supplizi più atroci. Sono i rabdomanti incauti a cacciarsi nei guai da soli. Infatti, per impressionare maggiormente l'uditorio, ricorrono a riti astrusi, complicati ed eccentrici nonché del tutto inutili. Pronunciano invocazioni da far accapponare la pelle agli astanti: «... per la potenza del grande Adonai, Eloim, Ariel e Jehowah, io ti ordino, t'impongo con i miei poteri di trovare...»

Naturalmente, simili eresie non possono che attirare gli strali delle autorità religiose.

Pietra è ben consapevole di questi pericoli. Quando muove la forcella lo fa in silenzio, in modo composto, senza concedere nulla allo spettacolo.

Tutti vogliono vedere da vicino e lei deve spingere con i gomiti per avere un po' di spazio. Adesso orienta l'estremità della forcella a un polpaccio del bambino e lui tira indietro la gambetta di scatto. Guardando meglio, Pietra scorge un punto nero appena sotto il ginocchio e cerca di toglierlo con l'unghia, ma il bimbo strilla ancora di più. Allora gli tasta la pelle e sente un corpo estraneo sotto la cute. Sempre in silenzio, entra di nuovo in casa e ne esce con un ago da cucito. Poi, con delicatezza, raggiunge con l'ago una scheggia conficcata nella carne, la afferra con le unghie del pollice e dell'indice e infine la estrae. Il pianto del bimbo cessa all'istante insieme con l'apprensione della mamma, che ormai crede la Tunisina capace di ogni sortilegio. La donna ignora che il potere di Pietra consiste nell'indirizzare la bacchetta da rabdomante verso vari punti del corpo, lasciando che il malato faccia il resto. Il piccolo infatti si era ritratto d'istinto quando la punta della bacchetta stava per colpire la parte dolorante.

Mentre i curiosi si disperdono, la madre del bimbo lascia cadere di mala grazia una moneta vile nel palmo della mano di Pietra e se ne va. La giovane se la prende con se stessa. Sa bene che bisogna farsi pagare prima. La generosità cala come la bassa marea quando il problema è già stato risolto.

Con un sospiro, decide di spendere il suo compenso comprando un pane e delle cipolle e con passo deciso si dirige al mercato.

Poco prima di Porta dei Vacca, però, scorge un assembramento a un incrocio tra due vicoli e si ferma a guardare.

Intabarrato in un ferraiolo, un mantello corto con il cappuccio, un madonnaro sta ultimando sul selciato il disegno di una Madonna con il Bambino, circondata dagli angeli. Un lavoro davvero ben fatto, che strappa al pubblico mugolii di meraviglia.

In particolare, il copricapo della Madre suscita la curiosità di Pietra. La Madonna non ha il capo coperto dal solito velo, ma indossa uno scialle grossolano di macramè che le arriva fino alle anche, un indumento che portano le donne del popolo.

Dopo aver rimirato l'immagine, Pietra cerca con lo sguardo l'artista. Ma il madonnaro è sparito. Eppure è certa di non averlo visto andare via. Con un'alzata di spalle, si appresta a riprendere la strada verso il mercato, ma un valletto basso e irsuto la ferma. « Mi sono recato a casa vostra e, non trovandovi, sono venuto a cercarvi al mercato. Ho avuto fortuna », esclama, tutto compiaciuto.

« Che vuoi? »

Il valletto socchiude gli occhi. È chiaro che ha imparato a memoria il messaggio e si sta sforzando di ricordarlo. « Il mio padrone, lo stampatore Giuseppe Pavoni, che Iddio l'abbia sempre in gloria, chiede a voi di andare da lui, in via Canneto, dov'egli ha negozio. »

Una precisazione inutile. A Genova, tutti conoscono Pavoni e il suo marchio.

Il valletto termina il messaggio con un inchino e le indica la strada da prendere. « Andiamo subito. È una faccenda di una certa urgenza. »

Pietra si rassegna a seguire il valletto, ma è preoccupata della strana convocazione. Sa che le persone istruite sono le più pericolose e ha imparato a diffidarne.

Cosa vorrà da lei lo stampatore?

XI

La tipografia Pavoni è un brulichio di persone affaccendate in un vasto locale, illuminato dalla luce del giorno che entra da finestroni alti sino al soffitto. Benché sia domenica, c'è un lavoro da terminare e nessuno si tira indietro. Senza troppo rammarico, hanno saltato la messa ma sperano nella benedizione di una paga più grassa.

Tre garzoni stanno mescolando l'inchiostro in otri di terracotta. Altri lavoranti pestano in un grosso mortaio le barre di colore per ridurle in polvere. Sopra un tavolo lindo, un pittore dai capelli radi sta correggendo un disegno per l'antiporta di un libro d'orazioni funebri. Un bambino con un grembiule, mentre tira su una candela di moccio dal naso come un secchio dal pozzo, passa le lettere al tipografo più anziano, che le sistema nel telaio per la composizione del testo di un libriccino per celebrare un matrimonio tra nobili. In fondo allo stanzone, due uomini di fatica stringono il morso del torchio per imprimere i caratteri sulla carta. Una donna anziana e una giovane, a contatto di gomito, annodano i fili per legare le pagine di un gigantesco tomo da messa.

Giuseppe Pavoni, il titolare, ogni tanto urla un ordine, ma lo fa soprattutto per dimostrare al cartaio – venuto a discutere d'affari – chi comanda.

Il visitatore si lamenta dei paperai disonesti, che perseverano nel vendere la carta al minuto, a danno dell'arte dei cartai, cui tale vendita sarebbe stata data in esclusiva, come dice una legge emanata dal Doge. Lo stampatore gli dà ragione solo perché il cartaio faccia altrettanto su un problema che affligge lui. Pavoni è angustiato dal comportamento dei senatori del Palazzo, detti i Due di Casa, che non solo hanno la facoltà di concedere o di negare il permesso di stampa, ma addirittura hanno il potere di controllare il contenuto dei libri. Un arbitrio che al tipografo proprio non va giù.

Nella discussione, Pavoni si accalora, rosso in volto. Una servetta lo guarda e sorride. Come molte altre donne, anche lei spasima per quell'uomo alto, ben proporzionato di membra, con il viso da adolescente, con gli zigomi sfuggenti, le labbra carnose, il naso affilato e la pelle olivastra. In più, Giuseppe veste sempre con eleganza, benché con uno stile un po' antiquato rispetto ai suoi trentadue anni.

D'un tratto, un garzone inciampa e annuncia l'inevitabile caduta con un grido stridulo da cornacchia. L'inchiostro contenuto nel vaso che stava portando si sparge sul pavimento e macchia di nero il cotto rosso. Subito alcune serve accorrono al capezzale dell'inchiostro e puliscono tutto prima che tinga. Giuseppe Pavoni vorrebbe punire la dabbenaggine del giovane sbadato, ma la sua attenzione è tutta per la donna che è apparsa all'improvviso sulla soglia della tipografia.

Pietra rimane immobile: non sa come annunciarsi. Con gli occhi cerca il valletto che l'ha accompagnata, ma il giovane si è dileguato non appena portato a termine il suo incarico.

Lo stampatore saluta frettolosamente il cartaio che si allontana rapidamente, seccato da quelle chiacchiere futili e ansioso di tornare al suo commercio.

Pavoni raggiunge Pietra. «So chi siete e vi ringrazio per essere venuta.»

La ragazza risponde con un inchino appena accennato.

«Vi prego, seguitemi. Da questa parte», dice lui con cortesia.

Per indicarle la direzione, la sospinge con una mano sulla schiena, indugiando forse un po' più del lecito. Un brivido percorre Pietra, che s'irrigidisce. Non è abituata a essere toccata.

Nella stanza dei conti, il tipografo trascura la sedia di pelle verde dietro la scrivania e si siede di fronte a Pietra, che si è accomodata sul divano coperto da un mezzaro di cotone con un ricamo che raffigura un grande albero abitato da passeri, allodole e scimmie rosse.

La donna passa la mano sul posto accanto al suo per sistemare le pieghe del tessuto, un gesto dettato dall'abitudine. Giuseppe crede sia un invito a sederle accanto, così si alza e si mette vicino a lei. Pietra non ha la prontezza di chiarire l'equivoco e lascia fare.

Il tipografo le dice in tono allegro: « Non siete davvero una chiacchierona, eh? Non ho ancora udito la vostra voce ».

« Non mi piace parlare. »

« E avete ragione. Troppe parole sono sprecate, soprattutto nei libri. E io ne so qualcosa. »

Per allentare la tensione, la ragazza fissa una parete occupata da scaffali colmi di volumi. Non ne ha mai visti così tanti insieme. « Voi fate libri... ma li leggete? » chiede.

« Sì, ma la mia testa è come un setaccio da sabbia, trattiene solo i pensieri più grossi e grezzi. Le idee fini se ne vanno in mare, purtroppo. »

I due stanno in silenzio per un po'. Con stupore, Pietra prova un certo piacere a stare quasi a contatto con quell'uomo. Questa sensazione la disturba, ma non può mentire a se stessa.

« Sapete, pochi mesi orsono, durante uno scalo per una falla allo scafo, sono scesi da una nave francese due famosi rabdomanti, due vere leggende viventi », dice Pavoni, con l'aria di chi sta parlando per ingannare il tempo in attesa di venire al sodo.

Pietra sgrana gli occhi e, incuriosita, si protende verso di lui per ascoltare meglio.

« Io ho avuto il piacere di conoscerli. Era una coppia di sposi, Jean du Chastelet, barone di Beauscleil e d'Auffenbach, e sua moglie, Martine de Bertereau, una donna coltissima. »

« Ebbene? » lo incalza la ragazza. Di solito non è così curiosa né tantomeno così sfacciata, ma non riesce a trattenersi.

« Ebbene mi hanno raccontato che essi, percorrendo l'intero vecchio mondo, e servendosi della sola forcella, hanno scoperto giacimenti d'oro, d'argento e di piombo. Dalla loro bocca ho sentito affermare che usano sette differenti bacchette, secondo la natura di ciò che vanno cercando. » Lusingato dall'attenzione che traspare dal volto di Pietra, lo stampatore prosegue: « Il barone ha solleticato la mia curiosità professionale, dichiarando di voler dare alle stampe un trattato chiamato, se ben ricordo, *Véritable déclaration des Mines du Royaume de France,* in cui si elencano più di sessanta località della Bretagna, tutte indicate dai coniugi, dove sono stati poi realmente trovati giacimenti e miniere di una certa importanza. L'opera servirebbe, mi ha confidato, per rispondere alle infamanti accuse di stregoneria e di occultismo sollevate loro dal prevosto provinciale di Bretagna, un certo La

Touche-Grippé. Quest'uomo ha chiesto al re che i due rabdomanti fossero gettati in carcere e torturati con l'accusa di... »

Lo stampatore si ferma di colpo con un'espressione costernata, temendo che le sue parole abbiano spaventato la donna.

Pietra comprende la natura di quell'esitazione. « Non preoccupatevi. Sono consapevole dei rischi che corro », lo tranquillizza.

« Scusate, vi sto annoiando con un fiume di chiacchiere. Oggi anch'io spreco parole. »

« Mi fa piacere sentirvi raccontare », mormora Pietra. Si sente in imbarazzo perché non ha dimestichezza con la cortesia.

« Aspettate un attimo », dice allora Pavoni, prima di alzarsi per prelevare un volume dal ripiano più in basso della libreria. Si risiede e si mette a scorrere le pagine fino a trovare quella desiderata. « Questo è un libro sulla magia. Sentite cosa dice sul modo di realizzare la bacchetta: 'Mentre che il sole comparisce sul nostro orizzonte, prendete colla mano sinistra una bacchetta vergine di noce selvatica o di oliva, tagliatela colla dritta in tre colpi dicendo: "Io ti prendo nel nome di Eloim, Mitraton, Adonai e Semiphoras, affinché tu abbia la virtù della verga di Mosè e di Giacobbe per iscoprire tutto quello che desidero"'. Avete fatto anche voi questo rito? »

« Certo », risponde Pietra, con troppa serietà per essere creduta.

Sorridendo, l'uomo posa il libro su un tavolino intarsiato, si alza dal divano e chiama una servetta il cui nome Pietra non riesce ad afferrare.

La domestica accorre subito, come se fosse stata dietro l'uscio a origliare, e fa una riverenza al padrone.

« Porta del vino buono. »

« Devo portare un bicchiere anche per la Tunisina? » chiede la donna.

Pavoni fa uno scatto verso di lei. « Non tollero che in questa casa, e in mia presenza, si manchi di rispetto a un'ospite », esclama, gonfio di collera. « Questa donna ha un nome che sicuramente conosci; usalo, dunque! Non sarò tollerante una seconda volta, ti avverto. »

Per niente convinta, ma costretta all'ubbidienza, la servetta guarda Pietra e, in tono forzato, domanda: « Madonna Petra, desiderate anche voi del vino? »

La rabdomante fa un cenno d'assenso, pensando che la schiettezza di prima era assai meno offensiva di quella canzonatura mascherata da cortesia.

La servetta esce e il tipografo tace.

Pietra è a disagio: è la prima volta che qualcuno la tratta da signora. E ne deduce che quell'uomo ha davvero bisogno di lei.

Di colpo, Giuseppe le chiede: « Siete sposata? »

« No », risponde Pietra, seccata da quella domanda che le pare alquanto inopportuna.

« Vivete con i vostri genitori? »

« Vivo con mia nonna. Sono orfana. » Senza volerlo, abbassa lo sguardo.

Giuseppe legge la vergogna in quel gesto. « Non è una cosa ignominiosa. Anch'io sono orfano, e tutto quel poco che sono non lo devo che a me stesso. »

La porta si apre e un vassoio, con due bicchieri colmi di un vino sanguigno, precede la servetta che, con affettazione, posa il tutto sul tavolino intarsiato.

Il tipografo porge un bicchiere a Pietra che beve a piccoli sorsi, da tortora. Giuseppe ingurgita il vino in una sola golata, prima di rivolgersi a lei a bassa voce, perché capisca che i convenevoli sono terminati. « Credo di avere urgente bisogno del vostro sapere di rabdomante per una faccenda di vitale importanza. »

Pietra allarga le braccia, per manifestargli la sua disponibilità.

« Con la vostra bacchetta siete capace di trovare cose perse o, come sospetto, rubate? » chiede allora Giuseppe, rigirando il bicchiere vuoto tra le dita.

« In passato, ho trovato denaro smarrito, gioielli sottratti, becchi, incartamenti, chiavi, cadaveri, testamenti, malattie, persone scomparse, evasi in fuga... »

« Allora confido in voi per tornare in possesso di un libro di cui esiste una sola copia. Per ciò che sapete fare, trovarlo sarà una bazzecola.» Mentre Pietra cerca di capire se il tipografo la stia deridendo, lui continua: «Per prevenire le lamentele del committente, prima di procedere alla stampa in serie, metto sempre insieme il libro in un unico esemplare. Fa parte del mio modo di lavorare. Purtroppo il volume in questione è sparito, e io ho già promesso di mostrarlo a un uomo potente che può cambiare la mia condizione se non addirittura il mio destino. Trovate il libro e ne sarete soddisfatta voi per prima».

«Come s'intitola il vostro libro?»

«Sul frontespizio c'è scritto: *Oratione nell'incoronatione del Serenissimo Agostino Doria Duce della Republica di Genova. Fatta dal Sig. Marc'Antonio Grosso. In Genova, appresso Giuseppe Pavoni. Con licenza de' Superiori. MDCI*, e impresso c'è il nobile stemma dei Doria. Come potete immaginare, è contrassegnato anche dalla mia marca tipografica: un pavone, ovviamente.»

«Avete qualche idea o sospetto che mi possa aiutare a ritrovare il libro grazie alla forcella?»

«No. Ho controllato io stesso i luoghi possibili. Grazie a voi e alla vostra arte speravo di passare a quelli impossibili.»

«Farò come potrò, anche se la cosa si presenta molto difficile. Cominciate a rassegnarvi alla perdita», dice la ragazza, alzandosi di scatto dal divano.

«Aspetto vostre notizie con ansia, Petra.»

L'uomo scorta la giovane, premendole di nuovo la

mano sulla schiena. Pietra rallenta il passo per prolungare quella che le sembra una carezza maliziosa. Il contatto con le dita dell'uomo le procura una voluttà sconosciuta.

Il tipografo saluta la ragazza sulla soglia dell'officina. «Ho fiducia in voi.»

«Non sapete nulla di me.»

Pietra se ne va sotto gli sguardi malevoli della servetta e di una compagna. E sente distintamente una sola frase: «Tunisina maledetta, me la pagherai».

XII

La luce del faro di Genova, la Lanterna, sciabola nel buio della notte e del mare, insolitamente tranquilli. Le strade della città sono invase da gente che ride e balla, onorando al meglio il Dio Carnevale. Poche finestre sbadigliano la luce di una lampada.

In una casa gialla di pescatori, cui si accede salendo grossolani gradini d'ardesia, una merlettaia lascia cadere in un cesto sul pavimento il frutto del lavoro delle sue mani esperte. A forza di intrecciare e annodare macramè per anni, ormai gli occhi si stancano presto. E stanotte ha fatto meno lavoro del solito. Con una vaga punta di rimorso, si concede un po' di tempo per sé. Tanto non deve preparare la cena: ci sono gli avanzi del desinare del mezzogiorno e di questi tempi lo spreco non è un ospite benvoluto a tavola.

Sono trascorsi ormai sei anni da quando la donna ha sposato un marinaio proveniente da Ponente, dal golfo sabbioso di Arasce, un uomo collerico, ma gran faticatore. Prende una spazzola da un cassetto e la passa sui capelli fulvi, specchiandosi in una superficie levigata di bronzo appesa dietro la porta di casa. Ha ancora un viso fresco, da adolescente.

Un bussare perentorio a due dita dal volto la fa trasalire. Credendo sia il marito che rientra in anticipo, spalanca la porta con un sorriso allegro che si spegne subito quando vede innanzi a sé uno sconosciuto vestito da cocchiere.

«Cosa desiderate in questa casa, signore?» chiede, con una certa apprensione. «Cercate forse mio marito?»

L'uomo fa qualche passo all'interno, costringendola ad arretrare, ma rimane in silenzio.

Più percepito che visto, un movimento anomalo fa abbassare lo sguardo della donna sulle mani dello sconosciuto. Incredula, vede i polsi allungarsi fino a toccare terra, ma ancora non comprende il pericolo. Con una mossa fulminea, l'uomo colpisce la donna su entrambe le tempie. I pugni chiusi si abbattono su di lei con forza devastante. Lo stordimento si mischia al dolore atroce. La vittima barcolla e poi cade a terra, su un fianco. Allora l'uomo aggiunge ai rantoli della donna un nome sussurrato con rabbia. Nel sentirlo pronunciare, la poveretta si cheta un istante e spalanca la bocca, mostrando il palato umido di saliva.

Questa visione scatena nell'uomo un'ira selvaggia, che lo induce a percuotere la donna sulle giunture delle gambe. Ogni colpo, un sussulto. Infine la giovane si nega al divertimento del suo aguzzino. Trae un sospiro sofferto e lascia questo mondo senza neppure un grido.

Ormai i colpi non possono più strapparle gemiti di dolore.

Appagato, l'uomo osserva il cadavere di cui ha fatto scempio. Solo una calma opprimente gli fa compagnia nella stanza.

Poi si china sulla donna morta e le pone un oggetto tra le mani insanguinate: una forcella da rabdomante.

XIII

Genova,
5 marzo 1601

È un'alba fredda, umida, e il cielo è di cristallo.

Il primo chiarore del nuovo giorno trova Pietra che cammina tra i vicoli, seguendo ancora una volta il Bargello. Giacomo Basso non ha pronunciato una sola parola da quando è andato a prelevarla da casa. Lei sospetta che nella notte un'altra donna sia morta, ma non fa domande.

Arrivano in fretta a una casa gialla, davanti alla quale si è radunata una piccola folla. Tutti osservano la giovane con sguardo malevolo. C'è anche la madre del bambino con la scheggia nella gamba. Appena vede Pietra, grida, rabbiosa: « È opera vostra e dei demoni di cui siete serva... Lo sappiamo, maledetta assassina! »

Lei tace e sputa per terra, in segno di disprezzo.

Il capo dei birri scosta deciso alcuni sfaccendati che bloccano l'ingresso e, prendendo per un gomito la ragazza, la conduce all'interno. Poi chiude la porta sbattendola con forza, impedendo agli insulti e alle minacce di seguirli.

Un marinaio che puzza di pescato è fermo sul pianerottolo del primo piano, seduto su un gradino, a disperarsi con la testa tra gli avambracci. Quando arriva il Bargello, si alza di scatto. Appena vede Pietra dietro di lui, grida: « Strega di una Tunisina! Che male ti aveva fatto quella poveretta? Perché l'hai uccisa? Che tu sia dannata per l'eternità! » Solleva la forcella da rabdomante che ha tolto dalle mani della moglie morta e gliela scaglia contro, colpendola tra naso e zigomo.

Pietra ignora l'uomo e raccoglie lo strumento. Lo osserva con attenzione, poi si avvicina al Bargello. « È come l'altra volta. La bacchetta è del tipo da rabdomante, ma il legno usato non è quello giusto. »

L'uomo rimugina, soffregandosi il mento. « Sono certo che l'omicida lasci questi oggetti perché vuole comunicare qualcosa, un messaggio, un avvertimento... Poco gli importa che l'attrezzo funzioni sul serio. »

« Deve essere così », concorda Pietra.

Il Bargello e la ragazza varcano la soglia dell'appartamento. Lei scruta il cadavere steso sul pavimento e le basta uno sguardo alla carne martoriata per comprendere che le lesioni sono identiche a quelle della donna che ha visto all'obitorio.

In quel mentre, fa irruzione il segretario del vescovo, insieme con un gruppo di scalmanati. « Confessa la tua colpa, donna malefica! » esclama l'uomo, alterato. « Hai persino la sfrontatezza di firmare le tue malefatte con la bacchetta del diavolo! Confessa! »

Il marito della donna uccisa si è unito al gruppo e strappa di mano la forcella che Pietra tiene ancora tra le dita. « Eccolo, lo strumento del male. Prendiamola! Facciamo giustizia! »

Il Bargello estrae una pistola e la punta contro i facinorosi. Il suo gesto è così fulmineo che l'arma sembra essersi materializzata dal nulla nella sua mano. « Il primo che fa un passo è morto. »

Solo una megera curva e rattrappita riesce a raggiungere Pietra e le tira con forza i capelli, strillando. Menando un calcio al seno cadente della donna, la ragazza si libera. Senza fiato, ancora più china a causa del dolore, la megera si allontana e raggiunge gli altri, che stanno battendo in ritirata lungo le scale ripide. Nessuno di loro è così motivato da rischiare la pelle, neppure il vedovo.

Tornata la calma, Giacomo Basso ripone l'arma e fa a Pietra la stessa domanda del giorno precedente: « Conosci questa donna? »

Solo in quel momento la ragazza si accorge di non aver ancora guardato in faccia la morta. E, quando posa gli occhi sul volto esangue, la vibrazione che avverte fin nelle viscere la fa quasi svenire.

Nonostante le ferite, Pietra riconosce la donna uccisa. Ne rammenta anche il nome: Sofia, detta Volpina.

Inspira a lungo, per contenere l'ondata di un'altra forte emozione che sta per sconvolgerla. Ora ricorda anche chi era la prima donna assassinata. Il suo nome era Francesca, detta Cesca.

In un lampo, Pietra capisce: ha identificato subito la moglie del pescatore perché aveva mantenuto le sembianze da bambina, mentre la donna dell'obitorio era invecchiata anzitempo, trasfigurata dai vizi. Inoltre le ha riconosciute entrambe perché c'è un collegamento tra le due donne e lei. Un legame impossibile da sciogliere. Un legame che l'assassino vuole trasformare in una linea di sangue.

Il Bargello non ha ancora ottenuto una risposta e la incalza: « Allora, Tunisina, la conoscevi? »

Pietra riflette ancora un po', quindi socchiude le palpebre. « No, non l'ho mai vista », mente.

La risposta non soddisfa il Bargello, ma lui sa che non ne avrà una migliore.

Con la pistola ancora spianata, il birro scende le scale, trattenendo Pietra accanto a sé. Ma nessuno va oltre le offese gridate a bocca spalancata.

I due s'incamminano verso il porto, guardandosi spesso alle spalle.

Appena al sicuro, certo di non essere stato seguito, Giacomo Basso congeda Pietra con una spinta e se ne va per la sua strada.

La ragazza è sollevata. Deve essere sola per fare un lungo viaggio, un viaggio che la riporta indietro nel tempo, a quando aveva otto anni e nessun futuro.

Prepotente, nei suoi pensieri riemerge un fatto intriso di sangue che ha coinvolto sei piccole orfane. E lei.

XIV

Albaro,
giugno 1587

Nell'ora sospesa del primo pomeriggio, dopo aver mangiato quel tanto che la carità cristiana consentiva loro, le orfanelle riposavano nel dormitorio del convento delle Piccole Sventurate del Signore. L'essenziale edificio era formato da quattro piani, in un unico blocco sormontato da un tetto spiovente. I muri esterni erano in pietra rossa e malta grigia. L'interno era un susseguirsi di camerate occupate dai poveri letti delle trovatelle. I giacigli erano una cinquantina.

Come sempre a quell'ora, le sette suore e la superiora dormivano nelle loro celle. Alle orfane che non volevano riposarsi era permesso intrattenersi a leggere le Sacre Scritture nella stanza comune.

Contrariamente al solito, Pietra si sentiva stanca e stava distesa sul letto, vestita. La regola voleva che s'indossasse il camicione solo per la notte. Prima di lasciarsi andare al sonno, dopo aver sprimacciato il cuscino imbottito di lana cardata secoli prima, e che puzzava di muschio, la piccola aveva notato che cinque giacigli attigui non erano occupati. Le trovatelle assenti erano le stesse che, meno di mezz'ora prima, erano state duramente punite per aver rubato alcune mele dalla dispensa. Erano state inflitte loro delle vergate sulle prime falangi delle dita, il punto più doloroso. A fare la spia, era stata una bambina perfida che godeva a fare la delatrice. La piccola infame si chiamava Nora ed era la più grande delle orfane. Faccia da faina e occhi bugiardi.

Voltando la testa, Pietra aveva notato che neppure la spiona era nel suo letto. Una preoccupazione funesta l'aveva allora spinta a balzare in piedi per andare in cerca delle compagne assenti. In punta di piedi, aveva oltrepassato il corridoio, dove il sonno delle suore era protetto dai battenti socchiusi delle celle. Pietra aveva raggiunto la sala comune, in cui c'era solo la bambina che diceva di sentire le voci delle sante che la esortavano a unirsi a loro. Recitava il rosario con tanta foga e velocità da dare l'impressione che i grani le scottassero le dita.

Pietra aveva richiuso piano la porta; la « santa » in estasi mistica non l'aveva neppure notata.

Dopo aver girato invano altre camerate, Pietra si era risolta ad andare a cercare le compagne nel prato dietro il convitto.

Un bisbiglio sordo, portato dal vento, l'aveva guidata fino al dirupo: un luogo che era severamente vietato raggiungere. Man mano che si avvicinava, il suono delle parole si faceva più nitido, però ancora le sfuggiva chi fosse a pronunciarle.

D'improvviso, un pianto straziante aveva sovrastato ogni altro rumore. Nascosta dietro un cespuglio, Pietra aveva visto le cinque compagne; erano intorno a Nora, e le vomitavano addosso insulti. L'accusavano di essere una spia infame, una serpe velenosa. E volevano che consegnasse loro una cosa che – Pietra rifletté – evidentemente era molto preziosa e cioè una borsina piatta, di tela grezza, che Nora stringeva al petto con determinazione.

Nora aveva il dirupo alle spalle, a un paio di passi di distanza, e pigolava pietà.

Per intimidirla ulteriormente, una delle bambine si era staccata dal gruppo per andare a prendere una grossa pietra. Le altre l'avevano imitata all'istante e adesso tutte avanzavano verso la loro vittima sacrificale.

« Suor Anna! » Vistasi perduta, Nora aveva invocato l'aiuto della madre superiora, della donna cui aveva fatto la spia.

Allora la situazione era precipitata. Per farla tacere, le compagne avevano fatto calare su di lei una pioggia di pietre. Nora si proteggeva con una sola mano poiché nell'altra teneva la borsina di tela. Un sasso le aveva staccato un orecchio quasi di netto. Una pietra l'aveva colpita sull'arcata sopraccigliare, che subito si era messa a zampillare sangue. Un altro tiro le aveva spaccato le labbra e due denti.

Assetate di vendetta, e per mettere fine all'orrore da loro stesse creato, le piccole vendicatrici avevano aumentato il ritmo dei lanci. Ben pochi erano andati a vuoto, anche perché Nora non era più in grado di reagire.

Pietra stava osservando tutto. Per un istante, aveva pensato d'intervenire, ma era stata colta dal terrore di fare la stessa fine di Nora. Era stata testimone dell'aggressione e avrebbe potuto riferire tutto alla superiora. Con gli occhi sbarrati, aveva piegato le ginocchia, appiattendosi sul terreno dietro il cespuglio, pregando di non essere scoperta.

Intontita dai colpi, Nora oscillava, con le braccia abbandonate lungo i fianchi magri. Quando un sasso puntuto l'aveva centrata in piena fronte, era crollata sull'orlo del baratro, priva di sensi.

Le cinque bambine sembravano incapaci di fermarsi e avevano continuato a scagliarle addosso dei sassi finché non si erano sentite esauste.

Il viso di Nora era tumefatto, intriso di sangue e di umori grigi. Il vestitino le ricadeva addosso in pieghe anomale che rivelavano come molte ossa fossero spezzate.

In silenzio, come se tutto ciò che era avvenuto fosse stato deciso da tempo, le cinque bambine avevano spinto il corpo di Nora giù dal dirupo.

Un tonfo.

La vendetta era compiuta.

Una bimba aveva allungato la mano destra. Le altre avevano capito. Le mani si erano unite in un giuramento: ciò che avevano fatto quel pomeriggio sarebbe rimasto per sempre un segreto tra loro.

« Lo giuriamo sulla Madre di tutte noi, la Madonna », avevano detto all'unisono.

Solo allora si erano ricordate della borsina che Nora stringeva tra le mani e che non aveva mollato neppure da morta. Ma ormai era troppo tardi per sapere cosa conteneva. Giaceva anch'essa in fondo all'orrido.

Tremando, Pietra aveva atteso che le cinque bambine si allontanassero, poi era uscita da dietro il cespuglio e si era avviata verso il convento. A un certo punto, con un sussulto, si era voltata di scatto, sicura che qualcuno la stesse osservando. Ma non c'era nessuno. Allora, con il cuore in tumulto, aveva proseguito di corsa.

Una volta giunta in convento, Pietra aveva deciso di andare a far compagnia alla santa. Era così agitata che le cinque assassine di certo avrebbero intuito qualcosa. Meglio stare alla larga da loro. Si era dunque seduta accanto alla compagna, ancora impegnata a recitare il rosario, e si era sforzata di superarla nelle preghiere, perché le sue avevano più urgenza d'arrivare al Signore.

Quel giorno, aveva molto da farsi perdonare.

Al vespro, il convitto era in subbuglio. Incrociandosi nelle camerate da ispezionare, le suore andavano ripetendo che Nora sembrava scomparsa e si affannavano a cercarla ovunque, gridando il suo nome. Ogni religiosa controllava anche nelle stanze già perlustrate pur di partecipare alla ricognizione. Tutte le orfanelle erano impegnate nelle ricerche. E quelle che si davano più da fare a correre da una stanza all'altra e a sgolarsi erano proprio le assassine di Nora.

Sempre più in apprensione, e presagendo una disgrazia, suor Anna era andata da Pietra, portandosi appresso la forcella da rabdomante. E, senza delicatezza, l'aveva spinta tra le mani della bambina.

« Trova Nora. »

Pietra aveva assunto un'aria così dimessa e spaventata che la suora le aveva fatto una carezza. « Ti supplico, trovala. Fallo per me, per tutte noi. »

« No, vi prego. No », aveva replicato la piccola.

« Lo so, sei spaventata, ma non devi esserlo. La capacità straordinaria che possiedi te l'ha data Iddio. Con questo dono puoi trovare non solo l'acqua, come hai fatto in passato qui al convento, ma anche le persone scomparse. Non avere paura, io sono con te. »

Timidamente, Pietra aveva impugnato la forcella, che subito si era messa a vibrare tra le dita minute.

Senza indugi, ben sapendo dove si trovava il cadavere di Nora, Pietra si era diretta alla radura che portava al dirupo, simulando che fosse il pezzo di legno a indicarle la strada da seguire. Accanto a lei, badando a non toccarla, e a non interferire con la bacchetta, c'era la madre superiora, che mormorava parole d'incoraggiamento.

Pietra non vedeva l'ora che tutto fosse finito e che venisse la notte a rapirla. A passo spedito, aveva raggiunto il ciglio del dirupo e, di colpo, la bacchetta si era piegata verso il basso.

Reggendosi al ramo di un albero, suor Anna si era sporta e aveva visto ciò che non avrebbe mai voluto vedere: il corpo di una bambina disteso sopra una roccia e un'aureola di sangue intorno alla testolina di capelli neri.

XV

Genova,
5 marzo 1601

Un gatto rossiccio dalla coda spelata è scaraventato fuori dalla porta dell'Osteria del Toro e finisce tra le gambe magre di Pietra, scuotendola dai ricordi. Per lo spavento che le ha procurato, la donna ringrazia l'animale con un calcio, ma il gatto non ci bada: ha tra le fauci un pesce mezzo cotto che reclama la sua attenzione.

Pietra sa che non ha scelta, che non ci sono alternative. Deve andare nel luogo in cui aveva giurato molti anni prima di non mettere più piede: l'orfanotrofio, dove ha trascorso la parte peggiore della propria esistenza. Soltanto lì potrà trovare informazioni sulle ragazze che, con lei, hanno scontato la colpa di non avere i genitori. Non può essere un caso che le due donne assassinate facessero parte della piccola congrega di aguzzine che si era macchiata dell'assassinio di Nora. E adesso tocca a lei rintracciare le tre orfane rimaste, per avvisarle del pericolo mortale che corrono.

La strada è più corta quando si hanno dei pensieri a tenerti compagnia. Pietra arriva così velocemente all'orfanotrofio che quasi si spaventa nel vederselo davanti. Dal giorno che l'ha lasciato, non ha saputo più nulla né del convento né delle altre orfane.

La facciata è sul punto di crollare. Al posto di parecchie pietre ci sono buchi da cui si vede l'interno dell'edificio. Quasi tutte le finestre pendono da un cardine o sono orbe di un'anta. Il giardino davanti all'ingresso è incolto: le erbacce sono più alte delle suore che ci abitavano. Il carretto che serviva a portare l'acqua, e che le orfane erano costrette a tirare dalla fonte fino alla cucina, è abbandonato contro un muro, con una ruota rotta e l'altra sepolta nella terra; una stanga manca e la ribaltina è spaccata in due. Ben gli sta, pensa Pietra, rammentando la fatica che doveva fare per spingerlo.

I ciottoli del vialetto che porta all'ingresso sono divelti e non si distinguono dai sassi ordinari.

Guardando in alto, Pietra si accorge che intere parti del tetto sono prive di tegole. Un lungo segmento di grondaia, fissato da una sola parte, ciondola ai capricci del vento, emettendo un lamento lugubre, come di un impiccato che non si rassegna al proprio destino. E altrettanto lugubre è la gigantesca ombra della confinante Villa dell'Albero d'Oro, che arriva a rabbuiare gran parte del convento.

All'epoca, i giardini a terrazze di quella magione

erano luoghi irraggiungibili e tenebrosi su cui fantasticare. Ciò che spaventava di più le orfanelle erano le grida allegre dei bambini che giocavano dall'altra parte del muro di cinta. Tutte loro erano certe che quei bambini erano stati colpiti da un maleficio. Tanta felicità doveva per forza essere opera di magia nera, di negromanti o di streghe.

Pietra rammenta che una suora aveva spiegato perché la villa si chiamasse dell'« Albero d'Oro ». Si diceva che l'antico proprietario di quella casa fosse schiavo del gioco delle carte e avesse perduto ogni bene, a parte un albero. Aveva puntato anche quello e... aveva vinto. A poco a poco, era riuscito non soltanto a recuperare la villa e ogni altra sua proprietà, ma anche ad accumulare un'enorme fortuna, dato che non aveva mai più perso. E tutto grazie a quell'ultimo albero, un alloro, l'albero d'oro.

Con un certo timore, Pietra scosta appena il portone del convento per ricavare un passaggio tra lo stipite e le sterpaglie, ed entrare. Sente il cuore che le batte all'impazzata, proprio come la prima volta che ha varcato quella soglia. Le mani le sudano e lei apre le dita.

Pietra è all'interno.

Coscienziosi, i ragni si sono prodigati nell'adornare ogni angolo di fili sottili. Nelle ragnatele polverose sono intrappolate mosche e falene ormai rinsecchite.

Superando il parlatorio, si ritrova nella camerata

più grande, dove ci sono solo mobili accatastati, per la maggior parte rotti. Con passi lievi, e con un timore latente, si dirige allora verso il dormitorio. In mancanza della porta, la giovane spalanca il suo sguardo: le appare l'intera camerata vuota.

Si toglie le scarpe e avanza a piedi nudi, come scalza andava allora, e copre la distanza che la separa dal punto esatto in cui era sistemato il suo letto.

Lenti, si affollano intorno a lei i sogni cattivi che, di notte, le facevano bagnare il giaciglio di foglie di granoturco. Mani gonfie che la volevano ghermire, le onde del mare che la inseguivano fin dentro la chiesa, un orco scuro che mangiava solo bambine che non avevano una madre a proteggerle, un pane tanto duro e avaro che non si lasciava intaccare dai denti affamati, un serpente parlante, goloso di risposte in cambio di domande mai formulate. E, dopo che Nora era stata uccisa, un dirupo che si apriva sotto i suoi piedi, inghiottendola.

Volendo affrontare sino in fondo il suo passato, Pietra si dirige nella cella della madre superiora, quella in cui s'impartivano le punizioni corporali per le mancanze più gravi. La scena non variava mai. Dopo che la malcapitata veniva fatta entrare nella stanza, la porta veniva chiusa a doppia mandata, a sottolineare che non c'era scampo. Poi arrivavano le urla che salivano verso il tetto, fino ai piccioni che spiccavano il volo, spaventati. Infine calava un silenzio pietoso, durante il quale una suora, sempre la stessa, dopo aver bussato, entrava e portava via in braccio la piccola seviziata, svenuta.

Della poveretta non si sapeva più nulla per un paio di settimane. Forse c'era una prigione segreta, forse veniva portata fuori, forse era tenuta nel bosco... La verità poteva essere solo immaginata. Quando la bimba punita tornava dalle compagne, teneva sempre la testa china e non diceva dov'era stata per tutto quel tempo. Spesso scoppiava a piangere senza motivo.

Pietra non aveva mai subito quell'onta, però aveva visto molte porte chiudersi alle spalle della madre superiora.

Come le pare innocua e innocente ora quella stanza vuota.

L'unico testimone delle nefandezze perpetrate fra quelle mura è un frustino di pelle ormai imbalsamato, che giace dimenticato accanto allo zoccolo di travertino sotto l'unica finestra. Pietra lo prende e lo spezza in due. Una puerile vendetta per le povere schiene che il frustino impudico ha baciato fino a straziarle.

Pietra si scuote, rammentando di essere lì per cercare qualche informazione, una traccia. Ma, guardandosi intorno un'ultima volta, si convince che quel luogo morto non ha nulla da dirle.

Meglio tornare nel cuore di Genova.

Mentre esce dal dormitorio, da dietro un angolo,

d'improvviso, sbuca una figura dall'aspetto vagamente umano. La ragazza fa un balzo indietro per lo spavento. Due occhi vitrei e stanchi la fissano. Con le braccia in alto, l'apparizione la raggiunge, claudicando. Fissando il volto scuro e inespressivo, Pietra riconosce la custode dell'orfanotrofio, Agata. Era già vecchia allora ed era l'unica nel convento a non indossare abiti monacali. La donna la abbranca come se fosse l'unico appiglio per non precipitare nel vuoto.

Spostandosi lentamente, Pietra si porta alla luce di uno squarcio nel muro, così da vedere meglio. L'anziana custode indossa diversi strati di vestiti, dai quali s'intravedono persino pezzi di tonaca. Gli abiti sovrapposti le conferiscono un aspetto grottesco. La testa appare minuscola in confronto alla corporatura e i capelli sono un impasto di sporcizia, terra e foglie.

« Io mi rammento di voi », mormora Pietra. « Siete Agata, la custode del convento. »

La vecchia stracciona non replica e la guarda, roteando gli occhi. Sembra non capire.

Strano destino quello che l'ha resa silenziosa, riflette la giovane. Proprio lei che le suore sgridavano ogni giorno per via della lingua troppo lunga. Prova comunque a farle un'altra domanda, a penetrare in quella mente disturbata: « Da quanto tempo il convento è stato abbandonato, e perché? È importante che io lo sappia ».

Come se avesse inteso un'eresia capace d'incenerirla all'istante, la vecchia si gira barcollando e se ne va più in fretta che può, percorrendo la camerata da cima a fondo. Sembra uno scarafaggio che corre verso la tana.

Pietra resta immobile. Non ha intenzione di seguirla. Da lei, e dal mondo dove il suo intelletto è andato a rifugiarsi, non avrà quello che è venuta a cercare. Tuttavia, mentre sta riflettendo sulla possibilità che la disgrazia calata sul convento sia in relazione con la morte delle sue compagne, Pietra nota con sorpresa che la vecchia custode sta tornando da lei. Ha in mano una catenina d'oro con un cammeo d'onice e la agita davanti agli occhi della ragazza.

Il cammeo è una raffigurazione ben cesellata di una Madonna con lo sguardo ieratico, a mani giunte e con il naso un po' storto.

La donna coperta di stracci vuole dare il monile a Pietra, che però scuote energicamente la testa in un diniego.

Ostinata, la custode le batte il petto più volte, significando che deve prenderlo, che non vuole sentire ragioni.

« No, vi prego... È vostro, io non... »

Con insospettato vigore, la vecchia spinge Pietra contro un muro panciuto e le infila risoluta la collanina al collo.

« Basta, vi dico! »

La custode si arrabbia: emette grida stridule di rimprovero e le punta l'indice all'altezza del cuore, prima di dileguarsi ancora.

Pietra guarda il cammeo e lo trova bellissimo.

L'unica cosa buona che ha avuto lì dentro.

Sbucando da una crepa del muro, una cornacchia le gracchia contro, saltellando verso di lei con le ali aperte.

Non è un buon segno.

XVI

Il mare che si affaccia al golfo della Superba è ancora lontano. Per ora, marinai e remiganti si accontentano di cantarlo. Un coro da straziare le orecchie accompagna i gorgheggi da voce bianca del mozzo che fa il solista.

I buonavoglia si rallegrano, pensando a chi li accoglierà sulla banchina del porto al loro ritorno. Alcuni forzati piangono senza vergogna perché con quel viaggio hanno finito di scontare la pena. I morlacchi, gli schiavi, sono indifferenti a tutto, poiché la loro terra è lontana per sempre e la nostalgia ha il sapore di un veleno che uccide lentamente.

Oggi il vento soffia tanto da piegare l'albero maestro.

Il comandante della galea ordina che si alzino i remi dall'acqua e si dia riposo agli uomini.

I buonavoglia sono gli unici che hanno il permesso di sciogliersi dalle catene che li legano ai banchi e di girare a loro piacimento per la nave.

Gli schiavi e i galeotti rimangono seduti e incatenati ai loro posti, con la schiena piegata in avanti per darsi ristoro dalla fatica.

Gli uomini liberi vanno sottocoperta: il regno di Marcus. Nessuno sulla tolda ha più potere di lui. Persino il comandante lo teme.

Una paratia divide i remiganti dal carico che appartiene alla Repubblica. Durante il viaggio, il comandante cerca di tenere segreta all'equipaggio la natura della merce, per non indurlo in tentazione. Questa volta il carico è davvero prezioso e il segreto non è rimasto tale a lungo. È durato il tempo di lasciar cadere in mare la gomena che assicurava la galea alla bitta del porto di Messina.

Tutti a bordo sanno che la stiva è colma di sete e di metalli preziosi, issati a bordo durante lo scalo in terra di Spagna.

Marcus non si cura di cosa la galea trasporti perché è regola non scritta che a ogni viaggio gli spetti qualcosa. All'arrivo saprà di cosa si tratta e stabilirà lui la giusta quantità. È un accordo tra il muscoloso remigante e il comandante. In cambio, all'occorrenza, Marcus deve fare per lui da spia, giudice o carnefice.

Nel profondo della pancia della nave, prima ancora del cibo, i remiganti si gettano sul vino che a bordo, per tenere alto il morale, non è lesinato.

Marcus non beve. Per stordirsi usa la cattiveria, per lui più inebriante di qualunque mistura dentro una bottiglia.

Nel giro di neppure un'ora, almeno tre damigiane vuote rollano sulle liste di legno incrostato da sputi, piscio e merda.

Un buonavoglia con un occhio marrone e l'altro verde tira fuori da una bisaccia un paio di dadi consunti. Molti gli si fanno intorno e il gioco comincia. I rematori urlano di gioia o di rabbia, secondo il risultato di ogni lancio. Chi perde ha una parola poco lusinghiera per tutti, uomini o santi che siano.

Ogni giocatore ha davanti a sé il denaro per le puntate e un coltello piantato accanto che serve da deterrente per chi avesse intenzione di barare.

Per un po', Marcus guarda i compagni spassarsela ma, quando la posta si fa interessante, si avvicina e chiede che gli siano consegnati i dadi. Con voce tonante avverte: «Se farò un punteggio più alto dell'ultimo tiro, vincerò, altrimenti rimetterò identica posta».

Suo il potere, sue le regole.

Marcus lancia i dadi che picchiano contro la paratia e tornano verso di lui come cagnolini uggiolanti. Prima che i due cubi d'osso si fermino e mostrino il punteggio, Marcus li copre con una mano grande quanto una padella da castagne e sentenzia: «Ho vinto».

Il suo avversario rimane a bocca aperta e gli altri lo osservano senza fiatare, curiosi di vedere di quanto fegato dispone. L'uomo sa che una sola parola potrebbe costargli l'incolumità, e forse la vita, ma la posta in gioco è troppo alta. « Sarà così, Marcus, ma lasciamo parlare i dadi. Vediamo il tuo punteggio, amico. »

« Ho vinto e basta », ribadisce l'energumeno, stringendo i dadi nel pugno. Si ode un rumore simile al digrignare di denti. Poi lui apre la morsa delle dita e lascia cadere ciò che rimane dei dadi sgretolati. « E ora ti ho mostrato anche i punti. Soddisfatto? »

L'avversario avvicina impudente la mano al coltello per far valere i suoi diritti con la lama. Marcus intuisce la mossa e gli molla un manrovescio tra gola e guancia che lo fa volare contro un puntello. Poi lo prende per la collottola, lo riporta nel cerchio dei dadi e sibila: « Ecco cosa succede a chi non sa perdere ». Solleva un braccio del giocatore, lo mostra agli astanti e lo spezza all'altezza dell'avambraccio. L'urlo straziante si avverte anche in coperta, nonostante il muggire del vento e lo sciabordare del mare contro i fianchi della galea.

Maledicendo se stesso, il poveretto si ritira in un angolo, con il braccio che gli penzola. Nessuno si azzarda a soccorrerlo.

Solo quando Marcus volta loro le spalle per occupare il suo giaciglio – ampio il doppio di quello degli altri –, i compagni aiutano il ferito. Gli steccano il braccio con il resto di un remo e lo rimproverano per la sua dabbenaggine.

Marcus sa che la sua non è solo prepotenza pura, ma anche vergogna. Non vuole che si sappia che non sa fare di conto.

Il remigante dai bicipiti di ferro si corica e si addormenta subito, come chi ha la coscienza pulita. Anche se questo non è il suo caso.

XVII

Genova,
5 marzo 1601

In cerca d'indizi e di risposte, Pietra decide di tornare a casa di Volpina. Si sistema i capelli sotto lo scialle, lega quest'ultimo al sottogola e cammina spedita, rabbrividendo. Un nevischio gelato cade dal cielo, zuccherando il paesaggio.

Arrivata sul posto, si rende conto che le sarà quasi impossibile entrare. Una folla vociante è assiepata davanti alla casa della vittima; c'è persino più gente di qualche ora prima, quando il Bargello l'ha condotta lì e lei è stata accusata di essere l'assassina.

Per non essere riconosciuta, Pietra resta in disparte, coprendosi il volto con lo scialle.

Il marito dell'uccisa si dispera, circondato da numerosi marinai che non mancano di battergli una mano sulla spalla per confortarlo.

Di colpo, il vedovo sparisce alla vista e rientra in casa. Un urlo e un singhiozzo asciutto fanno capire a tutti che è davanti alla morta. Un'unica parola echeggia tra le pareti della stanza e si spande nel carruggio: « Perché? »

La stessa cosa che si chiede Pietra. Lei però è decisa a trovare la risposta.

Due donne sbucano dal carruggio e avanzano verso la casa della poveretta assassinata. Una di loro ha in mano un macramè appena avviato. Alla vista del ricamo, un brivido percorre la schiena ossuta di Pietra.

La ragazza aggira un maniscalco con un grembiule di pelle che le intralcia il cammino e raggiunge le nuove arrivate. « Scusate... »

« Diteci », replicano le due quasi all'unisono.

« È macramè quello che avete in mano? »

« Certo. Cos'altro sennò? » sbotta la più in carne delle due.

L'altra sorride con cortesia. Si vede che ci tiene a darsi delle arie di fronte alla sconosciuta. « Noi siamo merlettaie. Il nostro macramè lo potete ammirare nei palazzi nobiliari di mezza città e persino il cardinale apprezza la nostra abilità. »

La compagna non vuole sentirsi esclusa e aggiunge: « La morta era una nostra compagna e lavorava il macramè, anche se, in confidenza, meno bene di noi. Ma se la cavava ».

La merlettaia gentile squadra Pietra. « Voi siete la Tunisina, la rabdomante... Perché v'interessate di quello che abbiamo in mano? »

La ragazza si allontana senza neppure un saluto. Le due donne la seguono con lo sguardo, offese.

Un ricordo tagliente come il filo di un rasoio squarcia la mente di Pietra. Rammenta il disegno del madonnaro che ha visto soltanto il giorno prima. Nel disegno sul selciato, la Madonna indossava uno scialle annodato di macramè al posto del velo, una cosa inusuale. « Non può essere una coincidenza », pensa ad alta voce.

Trepidante, si accoda alle persone che vanno a rendere omaggio alla salma; ma a lei non interessa il cadavere. È in cerca d'altro e lo trova in un cesto posato per terra, in un angolo della stanza. Senza darlo a vedere, osserva la tovaglia bianca che la vittima aveva appena terminato e che è attaccata alla parte imbottita del telaio. L'ordito di cotone sfilato è rifinito da un bordo annodato e la frangia è lunga il giusto. Da alcune lettere ricamate, Pietra è certa che sia un merletto fatto per addobbare un altare modesto.

Volpina era una merlettaia e lavorava il macramè.

Nelle orecchie di Pietra, simili al rumore di una mareggiata su una spiaggia di sassi, ora rimbombano le parole che uno sconosciuto vestito di nero le ha sussurrato per strada: *Solo la Madonna ti può aiutare.*

XVIII

Un gruppo di marmocchi gioca alla lippa in un carruggio cieco. Uno di loro batte la punta affusolata della spoletta di legno per terra e, quando l'attrezzo è all'altezza del fianco, lo colpisce forte. La lippa vola lontano e coglie un vaso di acciughe su un banco, facendolo cadere a terra e spargendone il contenuto sul porfido del vicolo. Infuriato, il grasso pescivendolo smette di sistemare i calamari e prende a rincorrere i mocciosi. Ai bambini non par vero di vivere un'autentica avventura; deridono l'adulto rabbioso e scappano schiamazzando. Il pescivendolo sa di non avere la minima possibilità di raggiungere quei furfanti svelti come lepri e torna al lavoro. Dall'angolo della strada, il più astuto dei fuggiaschi vede la disonorevole ritirata e comunica agli altri che possono tornare a giocare.

Sbucata dal nulla, Pietra allarga le braccia, sbarrando la strada ai monelli che sono costretti a fermarsi. Tutti riconoscono subito la ragazza; da quanto hanno sentito dire di lei, non si fidano della Tunisina. Per avere la loro attenzione, Pietra mostra una moneta vile. « Questa la darò in premio a chi troverà il disegno di un madonnaro. Sapete chi è un madonnaro? » I bambini fanno di sì con la testa, ma lei lo spiega comunque: « È uno di quei pittori che disegnano Madonne e santi, soprattutto durante le feste comandate o la domenica. Trovate i disegni per terra. »

Davanti alla ricompensa, i monelli dissolvono le perplessità e si lanciano alla ricerca, urlando come pirati saraceni, ognuno in direzione diversa. Solo il più piccolo rimane fermo a frignare, non capendo perché i compagni se ne siano andati.

Dopo aver scavalcato un ubriaco, steso a terra a smaltire i bagordi del carnevale, Pietra si appresta ad aprire la porta di casa. Con apprensione, si accorge che l'uscio è socchiuso. Entra con i sensi all'erta, ma dentro c'è solo la nonna. Non è la prima volta che si dimentica di chiudere.

Per prima cosa Pietra si sciacqua la faccia, bagnando le mani in una bacinella di ferro. Il freddo la fa rabbrividire. Con un asciugamano ruvido, sistemato sulla spalliera della sedia, si asciuga la pelle, sfregando con vigore. Quando ha finito, si siede intirizzita e si avvolge in una vecchia coperta e nei suoi affanni.

La cosa più importante, per lei, è rammentare i nomi delle altre tre orfane che hanno partecipato alla lapidazione di Nora. Poi deve scoprire se sono ancora vive e soprattutto dove si trovano. È certa d'essere in pericolo lei stessa, ma è convinta che le toccherà la parte peggiore, quella dell'ultima della lista. Per lei ci sarà un trattamento speciale.

Il tempo passa anche dentro la stanza, dove tutto è immobile.

Un paio d'ore dopo, preceduti dalle loro urla, i bambini tornano da lei. Nessuno ha trovato il disegno del madonnaro, eppure hanno battuto ogni vicolo. Pietra consegna ugualmente la moneta al più grande di loro. « Dividi la ricompensa con gli altri o compra qualcosa da spartire in parti uguali. »

Grida entusiaste accompagnano questa decisione: i marmocchi non si aspettavano di ricevere comunque la mancia.

La ragazza chiude la porta e sente i monelli litigare mentre si allontanano giù per il carruggio.

Decisa, Pietra indossa in fretta la zimarra, lo scialle ed esce nel freddo che si va ispessendo, spronata da un'idea che le è balenata improvvisa.

Salendo verso i magazzini del grano, raggiunge la casa del pittore Battista Castello, detto il Genovese.

Come immaginava, lo trova in piedi davanti al cavalletto, intento a ritoccare una miniatura e a sfruttare ogni stilla della luce del giorno.

Nel vedere la ragazza, l'artista la saluta calorosamente, ed è lusingato che lei non ricambi, incantata com'è a rimirare la sua opera non ancora compiuta che rappresenta Gesù. Pietra guarda la raffigurazione di Cristo che parla con un angelo, mentre dietro un ulivo ci sono due figure, una ben definita e l'altra oscura, di spalle, accanto a quello che sembra un enorme rospo. Sullo sfondo, il panorama impalpabile di una città. La giovane è rapita dal mistero di cui è intrisa la miniatura e tace.

Ciò che è venuta a chiedere al Genovese può attendere qualche istante. Confida nel fatto che il pittore sarà di certo disposto ad ascoltarla, visto che è in debito con lei: in passato l'ha salvato dalla miseria. Pietra rammenta bene la concatenazione dei fatti che l'ha portata ad aiutare il Genovese.

⁂

Un commerciante di spezie, arricchitosi in fretta, desiderando elevare il proprio stato, aveva arredato la casa come conveniva a un gran signore, tappezzando la propria camera da letto in rosso, con guarnizioni dorate. Invece d'essere contenta, però, la moglie era diventata d'un tratto sprezzante, ingrata, irascibile. Non sapendo che fare, il commerciante aveva dato retta a un amico saccente, secondo il quale l'esposizione di colori sbagliati in una casa poteva portare alla pazzia e persino alla morte. E, sempre su consiglio, aveva deciso di far intervenire la Tunisina.

Pietra si era dunque presentata a casa del commerciante di spezie. Aveva chiesto che fosse presente anche la moglie e poi si era messa al lavoro con la bacchetta. La ragazza conosceva bene le regole della rabdomanzia e sapeva quello che i suoi colleghi – ci credessero o no – avrebbero consigliato al commerciante. Così lo aveva detto anche lei: « Il rosso della stanza e i capelli scuri di vostra moglie sono incompatibili ».

Fiero di aver intuito la spiegazione, il commerciante l'aveva comunque sollecitata a spiegarsi meglio.

« Le emanazioni rosse, peggio se unite all'oro, legandosi a quelle brune dei capelli, eccitano gli umori di vostra moglie e la inducono a essere irrequieta e insoddisfatta. »

La consorte del commerciante era arrossita di colpo e aveva scoccato a Pietra un rapidissimo sguardo in cui si leggevano paura e complicità. Pietra aveva pensato che la donna avesse fatto qualcosa di male, e che il senso di colpa fosse la vera spiegazione di quel suo comportamento, ma ovviamente era rimasta in silenzio.

Del tutto ignaro, il marito aveva fatto la prevedibile domanda: « Come posso porvi rimedio? »

« Facile », aveva risposto la ragazza. « Cambiate moglie o cambiate tappezzeria. »

Seccato da quell'impudenza, ma sollevato per aver chiuso la faccenda, il commerciante aveva pagato il pattuito e congedato la ragazza.

Pietra si era soffermata a lungo nella piazza davanti alla casa: nel ricco sestiere regnava la pace, il sole era deliziosamente tiepido e la giornata era tersa come poche altre. Mentre beveva a una fontana, le era passata accanto a passo svelto una donna ben vestita, con l'aria da vecchia governante.

La donna l'aveva fissata, aveva fatto qualche passo, poi era tornata indietro e senza preamboli, in tono cospiratorio, ansimando, aveva detto: «Voi siete la Tunisina, la rabdomante, vero? Vi sto cercando da stamattina, sapete? Mai avrei pensato di trovarvi in questo sestiere...»

Pietra l'aveva guardata, in silenzio, in attesa.

«La mia padrona, la duchessa Margherita Campasso, ha bisogno dei vostri servigi per ritrovare il suo cagnolino. L'adorata bestiola è scomparsa da un paio di giorni.»

La ragazza aveva subito pensato che un furto fosse da escludere. Conosceva quel cane: era di una bruttezza proverbiale e guaiva senza sosta, risultando molesto a chiunque. «So di che cane parlate. Dite alla vostra padrona che me ne occuperò.»

«Sappiate che la duchessa sa essere molto generosa», aveva replicato l'altra, prima di andarsene.

Pietra aveva cominciato a chiedere in giro e a perlustrare la zona. E, grazie a un colpo di fortuna, in breve tempo, aveva scoperto dove si trovava l'animale.

Sfoggiando il potere della bacchetta, aveva poi guidato la portantina che trasportava la nobile padrona dell'animale smarrito davanti al cancello di un giardino, sulle prime alture di Genova. Al suo interno, viveva una cagna in calore. Dal giorno della sua scomparsa, il cagnolino era sempre stato lì, cercando di passare attraverso le sbarre della recinzione per raggiungere l'amata. Giuliva, la nobile aveva raccolto da terra la bestiola e se l'era stretta al petto.

Tuttavia Pietra aveva rifiutato la ricompensa della duchessa. Aveva chiesto invece che la nobildonna commissionasse un'opera al Genovese. Sapeva che il pittore era in miseria e, fino a quel momento, non aveva potuto aiutarlo. Magnanima, la duchessa aveva allora commissionato all'artista una copia in miniatura di quello che, per il mondo, era il Sacro Volto di Edessa o il Mandylion e che per i genovesi era il Santo Mandillo, la tela di lino su cui Gesù avrebbe impresso le fattezze del viso, conservata nella chiesa di San Bartolomeo degli Armeni.

⁂

Pietra distoglie lo sguardo dal piccolo quadro di Gesù con l'angelo e chiama il pittore: « Battista... »

Nel sentire la voce alle sue spalle, il pittore sussulta. Aveva già scordato la visitatrice, concentrato com'è sulla miniatura che sta rifinendo.

« Scusa, maestro. Ma ho bisogno del tuo aiuto. »

« Dimmi, per quello che posso... »

« Cosa sai dirmi dei madonnari? »

Sorpreso dalla domanda, il pittore si ferma a riflettere, grattandosi la barba con il legno del minuscolo pennello. « Mmm... I madonnari per loro natura sono nomadi e vanno da un paese all'altro, seguendo quaresime e feste comandate. Alle prime piogge spariscono dalle strade come il gesso dei loro disegni. È strano vederli in giro d'inverno. Di solito, vengono da fuori, specie dal Sud. »

« Conosci dei madonnari? »

« So per certo che a Genova c'è un solo imbrattavicoli. Un tipo poco raccomandabile. Meglio stargli alla larga. Si chiama Nicolas. »

« Sai dove posso trovarlo? »

« Vive in un vecchio rudere vicino alla casa del boia. »

Pietra non ha altro da sapere.

XIX

Passando accanto alla torre del carnefice della Repubblica, Pietra sente provenire dall'abitazione qualcosa che la inquieta più delle grida di dolore: delle risate.

Poco oltre, posa l'orecchio contro una porta, bassa e larga in modo sproporzionato, ma giusta per farci passare le barche da mettere a secco. Non sente nessun rumore. Spinge un battente e scopre che la porta non è chiusa. Lo strepito sinistro dei cardini l'accompagna all'interno. Una visione immonda e affascinante le riempie gli occhi. Le pareti e il soffitto a volta sono interamente coperti da disegni di Madonne sfacciatamente blasfeme. In una raffigurazione, la Madre ha gli zoccoli caprini al posto dei piedi; in un'altra, è nuda avvinta a un serpente. Al centro di una parete, una Madonna ieratica regge un bambino e una bambina identici, con un ghigno sul volto. Nel muro in fondo, la Madonna schiaccia con i calcagni un putto sanguinante.

Pietra si volta di continuo, come in una danza, roteando la zimarra, con il timore d'essere ghermita dalle figure demoniache. Il suo vorticare solleva dai muri sbuffi di gesso di ogni colore. D'improvviso, una luce alle spalle allunga la sua ombra sul pavimento. La ragazza si volta con uno scatto. Un uomo torvo tiene una lampada a olio oltre la testa e un coltello a serramanico bene in vista. Ha la barba ispida che gli copre una mascella protesa in avanti. Indossa vestiti laceri. La giovane non può fare a meno di notare le mani dell'uomo, torte e nodose.

« Cosa fai in casa mia? Che cerchi? » urla lui.

Pietra ha una domanda più urgente della risposta: « Cosa significano questi disegni? »

« Non credo di doverti delle spiegazioni. Almeno tra le mie pareti ho il diritto di disegnare quello che voglio. Intendi denunciarmi al clero? Sei una spia oltre che una rabdomante? » E sputa per terra.

« Dunque sai chi sono. »

« Tra malnati ci si conosce sempre, non credi? »

« Non sono una spia e non sono qui per giudicare. Voglio solo farti alcune domande. »

Il madonnaro abbassa la lampada. Pare in attesa.

« Sei tu che, nei disegni sulla via, hai messo dei segnali per me per condurmi alla prossima vittima? »

« Sì, sono io », dice l'uomo ghignando.

Pietra rimane sconcertata da quell'ammissione avuta a così poco prezzo. « Tu dunque sai in quale ordine verranno uccise le donne. »

« Certo. »

« Che ruolo hai in questo maleficio? Conosci l'assassino? Sei tu? »

Il madonnaro sbotta: « Tu sei pazza. Vieni qui a parlarmi di segni, di morte, a darmi dell'assassino... Cosa vuoi che ne sappia un disgraziato come me di queste cose? Vattene! »

« Non hai fatto dei disegni di Madonne per strada, nei giorni passati? »

L'uomo posa lampada e coltello e mostra le mani rattrappite. « È un anno buono che queste dita non mi ubbidiscono più. E da allora nessuna delle mie Madonne è apparsa nelle vie di Genova. Ho passato la mia meschina vita a ritrarre santi e Madonne e questa è la ricompensa del Cielo. Mani inutili, mani di legno. » Chinandosi, prende la lampada da terra e illumina il volto della donna. « Una cosa ti voglio comunque dire, Tunisina. Nessun madonnaro disegnerebbe Madonne in tempo di carnevale. Porta sfortuna. E poi la gente ha tutt'altro per la testa. »

Pietra lascia passare un lungo istante per smaltire la delusione, poi raccoglie il coltello dal pavimento e lo consegna al madonnaro. « A cosa ti serve minacciare con il coltello? Qui dentro non c'è niente che valga la pena rubare. »

« Questo lo dici tu. »

Quello che sembrava un cumulo di stracci in un angolo prende vita. Due bambini smunti di pochi anni si alzano e corrono ad abbracciare le gambe del padre.

⁂

Non appena Pietra esce dalla casa del madonnaro eretico, il cielo si è fatto nero.

Per tagliare un tratto di strada, prende per un vicolo che ha una cattiva fama, ma vede che non c'è nessuno e affretta il passo.

Quando è a portata di braccia, due uomini escono da un portone: uno ha in mano un punteruolo; l'altro un randello tozzo. Alla vista dei due malnati, la ragazza incassa le spalle e assume un'espressione spaventata e indifesa nello stesso tempo. Non tenta neppure di fuggire.

I due malnati ridono della preda fin troppo facile. Il più giovane, con la faccia butterata, le strappa la zimarra e lo scialle. Facile come picchiare uno che caga, pensa. Una frase che ha sentito all'osteria e che ripete spesso.

Un brivido scuote Pietra, che appare ancora più inerme. La ragazza prende dalla cintola la forcella da rabdomante e la mostra agli aggressori per far capire che non ha altro con sé, né valori né armi.

Ma i due non hanno nessuna intenzione di lasciarla andare e la circondano, cominciando a palpeggiarla.

In quell'istante, un'ombra si aggiunge alle ombre del vicolo.

Armato di una spada e di un pugnale da duello, Giuseppe Pavoni si lancia verso i due malviventi, frapponendosi tra loro e la vittima. L'uomo armato di punteruolo tenta l'affondo, ma il gentiluomo para di pugnale e mena un fendente con la lama lunga, tagliando quasi per intero il mento dell'altro. Un lembo di carne rossa rimane attaccato alla mascella, mentre il resto pende sulla gola. Il ferito porta una mano sulla parte offesa e grida solo quando la ritrae, intrisa del proprio sangue. Poi si scaglia rabbiosamente verso l'intruso, deciso a fargliela pagare.

Il secondo aggressore alza il braccio armato di randello per colpire Pietra. L'aria dimessa della donna non gli consiglia prudenza e l'uomo cala il colpo, scoprendosi. Con un solo, rapido gesto, Pietra affonda lo spillone, che nascondeva tra i capelli, nella spalla del malintenzionato, badando bene a rigirarlo più volte nella carne per infliggergli più dolore.

Nel farlo, dice qualcosa che sgomenta l'uomo, benché lui non ne capisca il significato: «Pietra è il mio nome».

Poi, in silenzio per non attirare l'attenzione, il delinquente si dà alla fuga, stringendosi la spalla nel tentativo di fermare il sangue. Accortosi d'essere rimasto solo, anche il compare ferito al mento scappa veloce, alzando i tacchi sino a farli sbattere contro il deretano.

Giuseppe raccoglie da terra la zimarra e lo scialle e aiuta Pietra a indossarli. La ragazza spera che Pavoni non si sia accorto della sua mossa con lo spillone, impegnato com'era con l'aggressore armato di punteruolo.

« Per fortuna vi ho scorta da lontano mentre uscivate dalla casa del madonnaro e vi ho seguito per sapere se avevate informazioni sul libro che ho perduto », dice Giuseppe, ansimando.

« Non so ancora nulla del vostro libro, mi spiace. » Poi, con espressione risoluta, aggiunge: « Immagino di dovervi ringraziare, ma non lo farò. So badare a me stessa ».

« Non ne dubito, Petra. Permettetemi comunque di accompagnarvi. » E le porge il braccio.

La ragazza vi appoggia la mano e si maledice perché ancora una volta deve ammettere che il contatto con il corpo dell'uomo le procura una voluttà sconosciuta, che quasi la stordisce.

Ignora in quale abisso la stia conducendo.

XX

Pur non volendo, Pietra e lo stampatore sono travolti dal carnevale che ancora impazza in tutta Genova. Circondati da una folla allegra e urlante, alla quale è impossibile sottrarsi, guardano un gigantesco fantoccio dall'aspetto mostruoso bruciare nel centro della piazza alla fine di Strada Nuova. Con lui arde il male dell'anno passato.

Il vento spinge le faville prodotte dalla pira verso oriente. Per chi ci crede, sarà un anno senza carestie. Se le faville si fossero dirette dalla parte opposta, sarebbe stato opportuno fare scorta di cibo.

Ogni anno il fantoccio brucia e si dissolve nel vento; la superstizione mai.

Le mamme ridono e i bimbi frignano con le pupille colme di fiamme. Servendosi di barre di ferro, alcuni temerari sollevano quello che resta del fantoccio di paglia, legno e stracci per portarlo in corteo fino al porto; lì lo getteranno in mare. È un'usanza del borgo marinaro di Vernazza, a levante di Genova, e in questo sestiere ci sono tante famiglie di quelle parti. I trasportatori del fantoccio ora corrono veloci; per colpa del vento, la paglia brucia più in fretta del solito. Molti tizzoni ardenti fanno le capriole salendo verso il cielo, spaventando chi assiste affacciato a balconi e terrazze. Alcuni gonfaloni stesi tra un palazzo e l'altro prendono fuoco. Gelosi delle attenzioni dedicate al fantoccio, i drappi cercano di rubargli la scena almeno per qualche istante.

Pietra e Giuseppe si ritrovano sulla traiettoria della chiassosa processione e fanno appena in tempo a svoltare in un carruggio per non essere travolti. Con un'allegria insolita – lei per prima ne è sorpresa – la ragazza sente il bisogno di condividere con il suo accompagnatore i ricordi del povero carnevale di Tabarka.

« L'apice della festa era dare la caccia a un poveretto che portava appesi agli abiti, nelle tasche e nella gerla, dei dolci di mandorle, fichi e miele. »

« Che significato aveva? » chiede Giuseppe, solo per il piacere di sentirla parlare.

« Era la rappresentazione... della felicità, direi. Noi bambini dovevamo scovarlo e rincorrerlo per derubarlo delle leccornie. Quando lo acchiappavamo, i grandi fingevano di picchiarlo, e noi piccoli gareggiavamo a chi prendeva più roba. Il poveretto urlava, fuggiva e tutti ridevano. » Pietra si ferma, stupita per il diluvio di parole che è riuscita a buttare fuori. Non le era mai successo. « Credo che le mie chiacchiere vi abbiano annoiato abbastanza... »

Invece l'uomo, divertito, la prega di continuare.

« Come mi appare ingenuo ora il carnevale tunisino. Ben misera cosa se paragonato a questo di Genova. Eppure mi divertivo come non mai e non vedevo l'ora, anno dopo anno, che arrivasse il giorno della festa. Credo che mi dispiacesse persino l'idea di crescere e di non poterlo più fare », conclude, con un sorriso malinconico.

I due continuano a parlare con trasporto, come se si conoscessero da sempre.

Da piazza Banchi sale una piccola folla che dà vita a una fiaccolata. Dame e cavalieri stanno andando a una delle tipiche veglie, dette anche « i tempi megli », dove li aspettano balli, musiche e commedie. Quando incontrano Pietra e Giuseppe li invitano a unirsi a loro e lo fanno in modo così insistente che i due non riescono a negarsi. Tuttavia, scalando di posto, e rallentando il passo senza farsene accorgere, ben presto raggiungono la coda del chiassoso corteo e poi, non visti, si defilano, ridendo per quella bravata infantile.

Poco oltre, si fermano a guardare una famiglia di saltimbanchi che si esibisce in pantomime, capriole e magie; non lesinano gli applausi.

Giuseppe si avvicina a un venditore ambulante di frittelle, ne compra un cartoccio e lo dà a Pietra. Lei ringrazia e mangia i dolci, soffiandoci sopra prima di ogni morso poiché sono roventi. L'uomo la prende in giro e, per dimostrarle che le frittelle non sono poi così calde, ne prende una e se la caccia in bocca. Subito lancia un grido e poi si fa aria, sventolando una mano davanti alle labbra. Ridendo, i due riprendono il cammino.

Pietra si è accorta che non stanno andando verso casa sua, ma verso quella di Giuseppe. Però non dice nulla.

Arrivati accanto alla tipografia, come se fosse la cosa più naturale del mondo, i due entrano nell'appartamento dello stampatore. Li accoglie l'odore dell'olio di sandalo che si consuma in una lucerna al centro del tavolo. Anche Giuseppe odia entrare in una stanza buia.

La giovane si sbarazza della zimarra e dello scialle, gettandoli su una poltrona, mentre lui versa della cervogia densa in bicchieri di peltro. Bevono lentamente, assaporando ogni goccia, pensando ognuno a quello che sta per succedere. Il silenzio è però interrotto dalle giocose urla di battaglia di alcuni buontemponi. Pietra e Giuseppe si affacciano alla finestra e vedono degli uomini che rincorrono i passanti battendo coperchi di pentole, con lo scopo di farli andare verso i loro compari nascosti dietro l'angolo, armati di teste marce di pesci. È il carnevale di tutti e nessuno scherzo è bandito.

L'uomo prende una mano di Pietra e la stringe con forza, come se avesse timore che lei possa volare via. Poi chiude le imposte.

La ragazza è pervasa da una dolcezza prepotente che la rende languida.

Si siedono accanto, sul divano.

« Sono felice che siate qui e spero sia così anche per voi. »

Le labbra di lei formano il sorriso più triste che Giuseppe abbia mai visto.

« Cosa vi tormenta? Volete dirmelo? Fidatevi di me, Petra. »

La ragazza cerca un appiglio nella sua mente per non capitolare, ma non lo trova. Allora condivide con lui ciò che l'angustia. Con commozione, racconta l'episodio della lapidazione di Nora e gli omicidi delle due compagne avvenuti nelle ultime ore.

Gli confida la certezza che altre donne moriranno.

Sgravarsi di quel peso la fa vergognare, peggio che se si fosse denudata, ma si sente meglio.

L'uomo l'ha ascoltata con partecipazione. Travolto dalla gravità dei fatti che gli sono stati presentati non interviene finché lei non ha terminato. « Adesso la cosa più importante è che voi scopriate dove si trovano le donne in pericolo d'essere assassinate. Dovete metterle in guardia. »

Pietra annuisce.

« Se il convento è abbandonato, potreste andare all'archivio della Curia. Lì avranno senz'altro conservato l'elenco delle orfane. Non è facile accedervi, bisogna avere delle conoscenze. Se volete, io... »

« Vi ringrazio, ma conosco qualcuno che può molto. Nel caso, mi rivolgerò a lui. »

« Però io voglio che mi promettiate... »

Pietra lo zittisce mettendogli una mano sulle labbra. Un gesto che meraviglia anzitutto lei stessa e le dà il coraggio di continuare a carezzargli il viso. Lui le dà un bacio in punta di labbra e solleva una mano per sfiorarle i capelli. Pietra si ritrae di colpo. Non si è mai data da fare per piacere a chicchessia. Ma Giuseppe capisce quel gesto e le mormora: « Sei bellissima, anche se non vuoi ». Poi cerca goffamente di sciogliere la chioma.

Lei lo aiuta e libera i capelli, approfittando dell'oscurità per far cadere a terra lo spillone che le serve anche da arma.

Giuseppe la prende per i fianchi e porge l'incavo del collo. Pietra vi si rifugia, poggiandovi contro la fronte.

Da una finestra lontana giunge una musica dolce come sidro.

Il vestito nero cala lentamente fino ai piedi della donna, non trovando ostacolo nella curvatura dei fianchi scarni, e scopre la pelle diafana come luce di luna.

Per la prima volta in vita sua, Pietra si arrende.

❋ ❋ ❋

Genova,
6 marzo 1601

All'alba, il rumore delle ruote di un carro sul porfido del carruggio la svegliano. Guarda la schiena di Giuseppe, che le dorme accanto. Come se sgranasse un rosario, scorre i sentimenti che prova a star vicino a quell'uomo. La paura è la sensazione che prevale. È felice come non lo è mai stata, e ha il timore di perdere tutto in un solo istante.

E per lei non sarebbe la prima volta.

XXI

Tabarka, 1598

Gli anni sull'isola di Tabarka scorrevano con il ritmo del mare e della fatica.

Pietra, la trovatella genovese, era cresciuta. Siccome stava tutto il giorno al sole, aveva la pelle scura, tanto che già allora molti viaggiatori la scambiavano per una del posto, una tunisina.

Ormai era una donna da marito, anche se era restia a lasciare l'infanzia.

Al compimento dei diciannove anni, Pietra era stata promessa in sposa a un uomo di maniere spicce ma buono d'animo, un corallaro d'esperienza con una barca sua. La ragazza si preparava con allegria a diventare una moglie.

Invece il suo mondo era cambiato nel giro di mezza giornata.

Quel pomeriggio infausto, la ragazza stava osservando gli uomini tirare a secco le coralline. Nel frattempo, raccoglieva le cozze tra gli scogli del porto, dove l'acqua era più calda a cagione della fiumara che sboccava dalla terraferma di fronte all'isola, a poche bracciate di mare.

Un granchio biancastro non ne voleva sapere di lasciarla in pace e le pizzicava l'alluce immerso nell'acqua. Benché la corrente lo portasse via a ogni ondata, il crostaceo ritornava, cocciuto, all'attacco.

Il cesto ormai era colmo di molluschi neri e lucidi, ma Pietra aspettava che fosse il sole a ritirarsi per primo. Era un segno di rispetto. Il sole dava tutto e pretendeva poco.

D'un tratto, il suono scomposto e insistito della campana della chiesa le aveva strappato un brivido. Sapeva che era un segnale di tragedia avvenuta o di pericolo imminente.

Seminando per il sentiero il nero raccolto del cesto, era corsa a perdifiato verso la chiesa. Giunta sul sagrato sconnesso, aveva visto una fila di corpi stesi per terra e coperti da teli incerati e vele. Per prima cosa, aveva contato i cadaveri: sette.

Poi aveva riconosciuto i piedi della madre e gli zoccoli del padre.

Il suo dolore era stato tale che non aveva neppure avuto bisogno di scoprire i loro volti.

Precipitando nell'orrore, Pietra aveva pianto con una disperazione antica, come se lei fosse sangue del loro sangue.

Il prete aveva tentato di abbracciarla, ma la ragazza lo aveva respinto. « Chi è stato? »

Continuando a benedire frettoloso ogni salma, l'uomo aveva detto: « Un gruppo di malnati tunisini ha preso d'assalto alcune case, uccidendo chiunque si trovasse sul loro cammino. Vigliacchi, i mori, non hanno dato scampo neppure ai disarmati e alle donne ».

Pietra sapeva bene che i rapporti con gli abitanti erano tesi perché i tunisini rivolevano la loro isola e le ricchezze che celava. Non tolleravano più gli stranieri, nonostante le promesse del *bey*.

Rifiutando rabbiosa persino l'aiuto del nonno e del promesso sposo, Pietra aveva deciso di allontanare i cadaveri dei genitori dagli altri. « È compito da figlia », aveva detto. Così, una per volta, con le vene che le gonfiavano il collo per lo sforzo, aveva portato le salme nel piccolo appezzamento di terra, recintato da siepi polverose, che fungeva da cimitero. Poi aveva scavato una fossa sola, ma grande abbastanza per due. Il pensiero che la madre e il padre sarebbero stati abbracciati per sempre le procurava conforto.

Era quasi mattina quando aveva finalmente coperto di zolle e di pietre la tomba. In molti le erano stati vicini per tutta la notte, senza osare aiutarla.

Con gli occhi al mare, Pietra aveva pensato che quella terra non avrebbe avuto anche lei. Sarebbe tornata a Genova, da dove mancava da undici anni.

Tre settimane dopo, il nonno era morto di crepacuore proprio mentre Pietra s'imbarcava su una nave da carico che riportava nella Superba ceste di corallo e uomini vinti dal destino. Con sé aveva uno scialle annodato con dentro solo stracci e disperazione. Non aveva portato via dall'isola neppure un pezzo d'oro rosso, sebbene suo padre ne avesse strappato ceste intere dagli scogli, senza risparmiarsi, ogni maledetto giorno. Il corallo adornava il collo delle dame e illuminava il loro incarnato, ma non si trovava mai sulla pelle di chi amava quegli uomini che si spaccavano le mani per raccoglierlo.

Sulla nave da carico, la ragazza aveva trovato un posticino a prua. Raggomitolata accanto alla cima dell'ancora, aveva fissato l'isola per l'ultima volta mentre la nave iniziava la sua ennesima sfida con il mare.

Pietra aveva avuto l'impressione che fosse Tabarka ad allontanarsi da lei e non il contrario.

Su quell'isola, lasciava un promesso sposo e una tomba.

La vita pareggiava sempre le cose.

XXII

Per il secondo giorno consecutivo, il dio dei venti ha avuto compassione dei rematori e si è messo a soffiare con impeto. La Galea Capitana procede sospinta solo dalle vele.

I remiganti si godono il riposo, pensando con soddisfazione che saranno pagati lo stesso pur non faticando.

Per passare il tempo, alcuni sfaccendati guardano un babbuino, seduto come un cristiano sopra una cassa da marinaio, mentre si spidocchia e mangia meticoloso gli insetti che cattura tra i peli.

Un buontempone lo imita e finge di cercare dei pidocchi tra i capelli unti e aggrovigliati di un compagno riottoso che protesta. Qualcuno ha ancora la forza di ridere, nonostante la spossatezza di giorni e di notti passati ai remi.

Sotto la luce delle torce, Marcus sta cucendo una camiciola. Come da contratto, la Repubblica fornisce loro due camicie, due paracalzoni, un berrettino leggero, un paio di calzette, un paio di scarpe e, d'inverno, un cappotto, che viene rinnovato ogni due anni. I pezzi sono già tagliati e sagomati, ma devono pensare loro a cucirli. I remiganti sono costretti ad acquistare il vestiario indebitandosi con il committente e non possono rivenderlo. La pena per questa mancanza è di ben sei mesi di lavoro forzato.

Se il vento regge, armati di ago e filo, Marcus e gli altri impiegheranno l'intera notte per mettere insieme i rispettivi cappotti.

Fino alla settimana precedente, il tempo è stato mite ma, ora che si avvicina la primavera, l'inverno si è messo a dare morsi. Bisogna coprirsi, perché su queste navi è proibito ammalarsi. Chi lo fa, è punito con frustate e con la decurtazione della paga perché rende meno.

D'improvviso, la galea sbanda con violenza. Chi non è lesto ad aggrapparsi a qualcosa cade rovinosamente.

Marcus si mantiene saldo sulle gambe possenti. Poi sollevando le braccia verso il ponte, dice: «Il timoniere si deve essere addormentato un'altra volta, che Iddio lo maledica», e si siede.

Spaventato dalla manovra maldestra, un furetto sbuca dall'interno di una sacca e si acciambella in grembo a Marcus, che prende ad accarezzarlo sul dorso. L'animale ha il manto bianco e le zampe scure. Le minuscole orecchie tonde sono rosa come la punta del naso. Il furetto si guarda in giro, muovendo gli occhietti rossi e i baffi trasparenti. Emana un tanfo insopportabile, ma nessuno osa protestare per paura di Marcus, il quale pare non farci caso.

L'energumeno solleva il furetto e lo bacia sul muso.

Sono molti i remiganti che, quando s'imbarcano, portano con sé un animale. In certi viaggi, la galea pare un'arca di Noè. Il comandante tollera la cosa: chi ha delle bestie, per solito, è più remissivo e meno incline a piantare grane.

Ora che c'è il furetto, ognuno può mostrare agli altri la propria bestiola.

Orgoglioso, un remigante con una gamba sifula scopre una gabbia con dentro un merlo indiano. Cerca di fargli dire qualche parola, ma invano. Deve accontentarsi di un banale fischio che i presenti ripetono per canzonarlo.

Il giovane mozzo solleva dalla cuccetta un micio color terra bruciata e gli dà da bere dentro una formella da dolci, ma il gattino preferisce gironzolare tra i piedi scalzi dei rematori. La bestiola è un regalo della madre del mozzo perché si ricordi di lei e gli faccia compagnia.

Una coppia di pappagalli verdi è messa alla prova dal loro padrone. I volatili devono estrarre una carta da un mazzo dei tarocchi. Il rematore che li possiede si dice certo che farà un sacco di soldi per le strade di Genova, spacciando i volatili per uccelli sacri capaci di predire il futuro. Per ora, i due pappagalli verdi ignorano le carte e preferiscono pulirsi l'un l'altro il becco. Seppur deluso, il loro padrone li premia con una manciata di semi di zucca.

Il proprietario del babbuino chiama a sé la scimmia, che ha una folta criniera intorno al muso glabro come i glutei. L'animale vorrebbe saltare al collo del suo padrone, ma l'uomo lo dissuade intimandogli di stare giù. Il babbuino è un esemplare massiccio e pesa come mezzo uomo.

Marcus ha occhi solo per il suo furetto. Ha una sorpresa di cui l'animale va ghiotto. «Guarda cosa ti dà papà», sussurra. Fruga in un involto di canapa e la bestiola gli gira intorno annusando l'aria, impaziente. Poi Marcus tira fuori un topo morto che ha scovato e stritolato nella stiva un paio d'ore prima.

Il furetto si agita e salta per raggiungere il regalo, ma il possente rematore gioca a sollevare il topo prima che l'altro lo raggiunga per ghermirlo. Quando si è divertito abbastanza, posa l'animale morto accanto ai piedi. Il furetto prende il dono tra le zampe e lo morde con i canini aguzzi.

Improvvisamente, con un balzo, il babbuino salta addosso al furetto per impossessarsi della carcassa del topo. Le due bestie si azzuffano, rotolandosi per terra. La scimmia grida e mostra i lunghi denti; il furetto tenta di cavare gli occhi al nemico con le unghie e ziga come un coniglio. È tutto un vorticare di zampe e di code. Il proprietario della scimmia cerca di fermarla, ma si becca un morso. Marcus chiama a sé il proprio animale. Il furetto prova a ubbidire, ma senza riuscire a sottrarsi all'aggressore. Il babbuino lo abbranca e poi, con uno scatto del collo, lo morde a morte, piantandogli i canini a metà del corpo. La scimmia ora ha una preda più grossa di cui cibarsi, e ignora il roditore.

Marcus allora fa un passo in avanti e colpisce il babbuino con un pugno terribile sul muso. La bestia ruzzola via dal furetto che stava sbranando e sbatte contro un montante. Adirato, Marcus pesta con i piedi la scimmia tramortita stesa a terra. Si sentono le ossa dell'animale spezzarsi. Il babbuino grida e protende le zampe verso il padrone. Inorridito, l'uomo tenta di fermare Marcus, trattenendolo per una gamba.

Il buonavoglia si scrolla di dosso l'uomo e, afferrata la scimmia per la coda, comincia a percuotere il padrone con il corpo ormai esangue della bestia. «La vuoi? Eccola, la tua scimmia, prendila!»

L'ira di Marcus non si esaurisce finché il proprietario del babbuino non è coperto del sangue e degli intestini del suo animale. Piangendo, l'uomo prende tra le braccia ciò che rimane del babbuino e si dispera per la morte del compagno, senza pensare ai propri lividi.

Marcus si guarda intorno in cerca di qualcosa. Fatti due passi, strappa dalle mani del mozzo il gattino e lo mette nella propria cuccetta.

Ora ha un'altra bestiola.

XXIII

Genova,
6 marzo 1601

A metà mattina, l'archivio della Curia di Genova pare un termitaio. Dietro il bancone di mogano, a dare retta ai cittadini, c'è solo un prete anziano con un naso importante solcato da venuzze viola e cobalto. Dietro di lui, alte scansie polverose, cariche di documenti che incutono soggezione.

La gente si accalca al bancone come se distribuissero gratis il pane, e l'oro come companatico.

Pietra si tiene in disparte, accanto a un armadio chiaro intarsiato al modo degli occitani. Aspetta. Per adesso non può fare altro, benché sia certa che l'assassino delle orfane colpirà una di loro molto presto. Non ha motivo di pensare che si fermerà.

La ragazza vede arrivare la persona che lei stava aspettando con ansia: il segretario del vescovo. Il religioso ha un'espressione malmostosa in viso. Senza preamboli, infastidito, le dice: « Che affari hai da sbrigare qui, strega? »

«Quando avete bisogno dei miei servigi non mi pare che mi trattiate in questo modo, eccellenza.»

«Se fosse dipeso da me, ora saresti polvere d'ossa mischiata a polvere di pira. Ringrazia il vescovo se ciò non è ancora accaduto.»

«L'ho fatto, ubbidendogli.»

«Dunque sei qui per riscuotere ancora. Perché mi hai supplicato di venire?»

Paziente, ben sapendo che non le conviene scontrarsi con quell'uomo, Pietra si comporta con lui come fa con tutti i preti: pregandoli, adulandoli e, in caso, minacciandoli, facendo leva sulla loro vigliaccheria. «Solo una persona della vostra importanza e del vostro potere in seno alla Curia di Genova mi può aiutare.»

Già rabbonito, il prete si dispone ad ascoltare, mettendosi le mani in grembo.

«Io sono stata un'orfana rinchiusa per anni nel convento di Albaro, che forse conoscete. Ebbene: desidererei rivedere le mie compagne di disgrazia, quelle con cui ho trascorso più di otto anni. Prendetelo come il capriccio di una donna sola e dall'animo triste.»

Ora che Pietra gli si rivolge con rispetto, il prete le fa un cenno bonario, perché prosegua in fretta. «Orsù, dimmi che cosa vuoi da me, Tunisina.»

«Sono certa che l'avete già capito, eccellenza. Vi

chiedo di consultare l'archivio e di dirmi dove posso trovare le mie sventurate compagne. »

« Tali informazioni sono riservate. E tu lo sai bene, giacché ti sei presa la libertà di disturbare me. »

« Favoritemi, vi prego. Altrimenti dovrò rivolgermi a sua eminenza il vescovo, che mi tiene in considerazione quale sua umilissima serva, e lagnarmi della vostra indifferenza verso una povera orfana. »

L'astuto segretario è certo che dietro quella richiesta d'informazioni ci sia ben altro, ma capitola: « Vieni ». Prende per un gomito la giovane e la sposta in un angolo, sotto lo sguardo di un crocefisso di terracotta appeso alla parete. « Stai qui e vedo cosa posso fare. Le bagiure come te sono perfide e vendicative, ma anch'io lo sono. Pagherai per questo ricatto. »

Strattonandosi la veste talare, l'uomo va oltre il bancone a confabulare con il responsabile dell'archivio, che smette all'istante di occuparsi del nobile che stava facendo richiesta di certi documenti. L'uomo in testa alla fila abbozza una protesta ma, riconosciuto il segretario del vescovo, si morde la lingua e tace.

Ricevute le indicazioni su dove cercare gli incartamenti del convento di Albaro, il segretario scompare tra i meandri degli scaffali.

Nell'attesa, Pietra si guarda in giro e osserva, curiosa.

Uno sposo chiede timidamente, sotto lo sguardo minaccioso dei fratelli della moglie, che gli diano la certificazione delle avvenute nozze celebrate in segreto. Un soldato con una sella sulle spalle domanda la carta di battesimo del padre che lui sta cercando da anni. Un norcino sbuffa, svuotando l'aria dalle gote paonazze, non riuscendo a dissimulare l'impazienza che gli sta montando in ira. Un nano che non arriva al bancone urla che è il suo turno, ma tutti lo ignorano. Una perpetua respinge in malo modo quelli che in coda si avvicinano troppo alla sua veste.

Pietra è stanca di stare in piedi e si siede in punta a una sedia. Nel farlo, la bacchetta da rabdomante che tiene nascosta nella cintola s'impunta e le graffia il braccio.

Maledetto pezzo di legno, pensa lei, prendendolo in mano. Dal giorno in cui la sua vita si è legata a quello strumento, Pietra non ha smesso neppure per un istante di odiarlo.

Soprattutto perché la vicenda che l'ha portata a diventare una rabdomante è figlia bastarda della disperazione e della lotta per la sopravvivenza.

XXIV

Albaro,
agosto 1586

Onde di calura galleggiavano all'orizzonte, creando l'illusione che i monti lontani si stessero sciogliendo.

La siccità era un flagello silente che opprimeva i genovesi. In quell'anno, la pioggia era stata più rara delle piattole addosso a una vergine.

Nel convento delle orfane di Albaro, le suore addette alla cucina avevano l'incarico di razionare l'acqua e solo alle più piccole ne era data qualche goccia in più. La morte improvvisa di una vecchia suora aveva suscitato un certo silenzioso sollievo, dato che così c'era una gola in meno da dissetare. Da diverse settimane nessuno si lavava per non sprecare acqua. La pulizia era un lusso che non si potevano permettere. Alcune bambine ne erano contente, e andavano in giro con gli occhi cisposi, ma Pietra soffriva più lo sporco della sete.

Una mattina, mentre le orfane erano in giardino sotto la custodia delle suore, Pietra aveva spezzato un ramo biforcuto da un albero secco di nocciolo e, usando unghie e denti, lo aveva spellato della corteccia. Infine, per togliere eventuali spunzoni, aveva grattato a lungo le estremità contro un sasso che affiorava dall'erba.

Badando che la stessero osservando, la bimba aveva stretto le due estremità del legno e si era messa a gridare: « Acqua! Acqua! Acqua! »

Tutte avevano visto la punta dell'attrezzo vibrare, come se avesse una volontà propria.

La madre superiora, suor Anna, ben conosceva i rabdomanti: un suo secondo cugino da parte di padre lo era. E sapeva che i migliori erano proprio i bambini, la cui purezza esaltava il fluido che poteva scorrere senza impedimenti. Le compagne e le altre suore, invece, studiavano Pietra con aria incuriosita e preoccupata. Qualcuna di loro temeva addirittura che fosse uscita di senno.

Pietra aveva mosso alcuni passi incerti per seguire gli impulsi della parte puntuta della forcella. Suor Anna l'aveva raggiunta, circondandola con le braccia per impedire che le altre la toccassero. Poi aveva detto: « Non infastiditela. E voi, sorelle, lasciate che faccia ».

Come se avesse aspettato proprio l'ordine della suora, Pietra si era incamminata verso il bosco, a passo svelto.

Un piccolo corteo l'aveva scortata dappresso.

Lasciato il sentiero battuto, Pietra si era ficcata nell'erba alta, incurante dell'ortica che faceva gridare e piangere buona parte delle piccole inseguitrici. Poi, d'un tratto, si era girata. « Acqua », aveva detto, dirigendo i suoi passi verso uno spuntone di roccia davanti al quale la forcella di nocciolo si era messa a ondeggiare in modo forsennato. Nel movimento, Pietra aveva sentito le spine di un rovo scorticarle le caviglie, ma non ci aveva badato.

Di colpo, era stata costretta a fermarsi per domare il legno che puntava in basso. In breve, le orfane e le suore si erano ritrovate intorno a lei. Il caldo era opprimente e, dopo quell'inseguimento, erano sudate, stanche e ancor più assetate.

Tutto taceva. Persino le cicale sugli alberi riarsi stavano zitte, come in attesa che succedesse qualcosa.

Niente sembrava in grado di rompere l'immobilità assoluta di quel momento.

La prima ad accorgersene era stata suor Anna.

Abbassando la testa, si era resa conto che aveva i piedi immersi nell'acqua. Aveva subito gridato al miracolo e, in quell'istante, pure le altre avevano visto che un piccolo lago bagnava i loro sandali. Le bimbe più piccole si erano messe a saltare e a fare schizzi; le più grandi erano cadute in ginocchio e bevevano dalle mani a coppa. La suora più giovane si era bagnata la faccia e aveva chiesto perdono al Signore per la voluttà che provava.

Suor Anna aveva sollevato Pietra e le aveva scoccato due baci sulle guance. « Brava, piccina mia. »

Il suo alito sapeva di uovo marcio, ma la bimba non si era sottratta. Erano i primi baci che riceveva in vita sua.

Nel frattempo, si era creato un via vai di suore e orfane che raccoglievano acqua per portarla al convento, usando ogni cosa potesse fare da contenitore: secchi, pentole, bicchieri, catini... persino il vaso dell'acquasantiera.

Ma la madre superiora aveva ben presto scoperto che era inutile.

Pietra, una rabdomante di soli sette anni, aveva scoperto una sorgente.

Grazie a lei la comunità era salva e poteva contare su giorni migliori.

Pietra si era subito accorta che non solo le compagne, ma anche le suore la guardavano in modo differente, con rispetto mischiato a timore.

Quella notte, nel letto che condivideva con una bambina più grande, Pietra era stata felice di ciò che aveva fatto. E aveva deciso che non avrebbe mai confessato a nessuno la verità: lei non aveva nessun potere.

❋ ❋ ❋

Mentre tutte dormivano profondamente, Pietra aveva l'abitudine di scappare dalla finestra per andarsene in giro nel bosco fino all'alba.

Una notte, le era capitato d'imbattersi nella fonte sotto la roccia. Così, ogni volta che poteva, non appena veniva buio, andava lì a farsi delle scorpacciate d'acqua, ingannando la siccità, le compagne e le suore. Poi però si sentiva in colpa e, quando le veniva offerta la sua razione per dissetarsi, la rifiutava a beneficio delle altre. La suora si preoccupava solo per un attimo di quel rifiuto, perché altre gole aspettavano la sua benedizione.

Oppressa dal rimorso, Pietra si scervellava per trovare il modo di rivelare la sua scoperta. Confessare le sue scorribande notturne era fuori discussione: le sarebbero costate una terribile punizione nella cella della madre superiora.

Poi aveva ricordato una cosa. L'inverno precedente, era arrivata in convento una suora, morta neanche un mese dopo perché malata di mal respiro. Era giovane, delicata e premurosa e Pietra aveva trascorso lunghi pomeriggi al suo capezzale.

La suora le aveva parlato di alcuni strani personaggi, che lei aveva conosciuto e che l'avevano molto colpita: « L'Altissimo ha concesso all'umanità la possibilità di strappare alla natura le sue risorse più segrete e meglio custodite. Per farlo, ha dato a pochi individui, i rabdomanti, la capacità di cogliere le emanazioni che provengono dall'acqua, dai minerali e da altri misteri inviolabili per tutti noi. 'Forcella' si chiama lo strumento che essi usano come tramite per intercere con Iddio affinché Egli conferisca al legno il potere di trovare le cose... » Poi, dopo aver descritto la forcella, aveva addirittura mimato i movimenti di un uomo che era stato capace di trovare l'acqua là dove nessuno avrebbe immaginato. « Capisci? Lui ha preso la forcella così... Improvvisamente questa si è messa a vibrare... e ha indicato il punto in cui c'era l'acqua. »

Affascinata dal racconto, Pietra non si era persa né un gesto né una parola. E ricordava tutto, fin nei minimi dettagli.

Così, la notte precedente alla scoperta della fonte, sdraiata nel suo letto, aveva preso la decisione che le avrebbe cambiato la vita.

« Pietra è il mio nome. »

Era nata una rabdomante.

XXV

Genova,
6 marzo 1601

Il segretario del vescovo è sparito da un bel pezzo nel labirinto degli scaffali e Pietra sta cominciando a dubitare che riesca nell'impresa o addirittura che sia davvero andato a cercare i documenti che la interessano.

In quell'istante, è avvicinata da una balia, con le gote rosse e il naso aquilino, che regge tra le braccia una creatura in fasce. « Vi posso chiedere la cortesia di reggermi il bambino per pochi istanti? Grazie infinite. »

« Veramente, io... » Pietra non fa in tempo a rifiutare che si ritrova fra le braccia il neonato, sbavante caglio di latte.

Passano parecchi minuti poi, senza preavviso, il piccino si mette a piangere disperatamente, come se lo stessero scannando. Pietra cerca di ninnarlo e fischietta per distrarlo. Niente da fare.

Dopo un po', riappare la balia, le strappa il neonato dalle braccia con aria di rimprovero e sparisce dietro un gruppo di seminaristi.

Pietra scrolla le spalle e la guarda allontanarsi, poi si gira e quasi viene travolta dal segretario del vescovo. È zuppo di sudore, trafelato. E stringe in mano un foglio. « Questo è l'elenco delle orfane, copiato da me. Per alcune, in verità poche, c'è il luogo in cui potresti trovarle, avendo parenti certi. »

« E per le altre? »

« Per le trovatelle senza storia, nessuna indicazione. » Il segretario le porge il foglio. « Spero che i tuoi intrallazzi vadano a buon fine. »

La ragazza prende il documento e lo ripiega più volte prima di nasconderlo tra i seni scarni. « Vi ringrazio. »

« E comunque, Tunisina, non cercare mai più di me. Intesi? »

« Intesi. E voi fate altrettanto. »

Il prete se ne va senza l'obolo di un saluto e lo fa in fretta, sperando che nessuno l'abbia visto in compagnia della strega. Iddio non voglia che un giorno mi chiamino suo complice, pensa.

Pietra è contenta che se ne sia andato, perché il suo malanimo la infastidisce.

Solo quando è certa che il prete sia ormai lontano, esce dall'archivio della Curia e cerca un posto tranquillo, dove poter leggere in pace. Si siede sul primo gradino di un palazzo nobiliare in una strada deserta.

Con trepidazione, apre il foglio e scorre l'elenco di nomi.

Cepollina Pietra, zii Cepollina corallari di Pegli
Puggioni Beatrice
Diotallevi Maria
Piccaluga Sofia, detta Volpina, nonna ricamatrice
Cavassa Elena, zia di malaffare
Camugino Adelasia, nonni vinai Camugino
Multedo Ginetta
Gandolfo Rina, detta Ines
Rosso Maddalena, detta Fumo
Masoero Diana, cugini pescatori a San Fruttuoso
Traverso Onorata
Piazza Francesca, detta Cesca
Fregoso Ilda
Picasso Leda, detta Mela
Ondina da Novi, nonno contadino

Come se quello fosse un segno nefasto del destino, Pietra prova fastidio a essere la prima nella lista.

Poi nota che dall'elenco manca il nome di Nora. Evidentemente, all'epoca del censimento, era già morta, riflette.

Con concitazione, scrive dietro il foglio, con una scheggia di carbone, i nomi delle cinque bambine che hanno lapidato Nora. A ogni nome, abbina con chiarezza un piccolo volto apparentemente innocente.

Cesca
Volpina
Adelasia
Ines
Maria Piagnona

Si sente improvvisamente esausta. La responsabilità di salvare le ultime tre donne vive dell'elenco la opprime sino a farle mancare il respiro. Poi aggiunge il suo nome alla lista.

Pietra

Mentre pensa con angoscia a come agire per trovare quelle donne, un bambino del suo sestiere corre verso di lei, sbracciandosi. «L'ho trovato!»

«Cos'hai trovato?» gli domanda Pietra, corrugando la fronte.

«Il disegno per terra con la Madonna.»

Con uno schiocco, Pietra drizza il collo e guarda nell'infinito, come se potesse già scorgere l'opera del madonnaro.

Il monello la tira per un braccio verso una discesa. I due gareggiano nella corsa con un rivolo di liquame nella fogna a cielo aperto che va nella stessa direzione.

Una frase batte nella testa di Pietra come un martello sull'incudine: *Solo la Madonna ti può aiutare.*

XXVI

La corsa forsennata di Pietra e del bambino per raggiungere l'opera del madonnaro, e magari l'artista stesso, è interrotta dalla folla che si è riversata nelle strade di Genova per festeggiare l'ultimo giorno di carnevale. Via Strada Nuova è stracolma di gente che applaude al passaggio del corteo che chiude i festeggiamenti. Ma Pietra non ha né tempo né buonumore da dedicare a quel variopinto spettacolo e neppure al torneo che sta per avere luogo in piazza di Strada Nuova. Afferra la mano del bambino e cerca di farsi largo, ma è ricacciata indietro dagli spintoni di chi, pur arrivando in ritardo, vuole comunque entrare nella piazza per vedere la giostra. Nella confusione, un prepotente venditore di noci si mette a spingerla da dietro con il suo carretto, e le fa perdere il contatto con il bimbo, che viene trascinato via dalla marea di persone.

« Aspetta! » gli grida lei, invano. Poi, furiosa per la propria inettitudine, si mette in punta di piedi per vedere in che direzione sia andato. Arrampicandosi sopra un fregio di bronzo del portone di un palazzo, riesce a scorgere la piccola guida ferma all'imbocco di un carruggio che anela al mare.

Allora, a forza di gomitate, la ragazza si apre un varco tra la folla e, scapicollandosi, raggiunge il monello.

Non ha bisogno di correre oltre.

Infatti, proprio di fronte a lei, per terra, può ammirare un disegno eseguito con il gesso. Riconosce subito lo stile. È un'opera del madonnaro misterioso, dell'uomo che in qualche modo fa parte del macabro rituale cui lei è costretta a partecipare.

Pietra prende di tasca un soldo e lo consegna al bambino che l'ha condotta lì. Il marmocchio s'accorge che è una moneta nobile e, guardandosi bene dal farlo notare, si dilegua, per il timore che la Tunisina ci ripensi.

Ora che è sola, Pietra esamina il disegno. Una Madonna con il viso rubicondo, aperto in un sorriso tra lo scherno e il malizioso. Dietro di lei, sfilano cavalieri in armi e un paggio che regge un drappo di stoffa, il cosiddetto « palio ». La ragazza scruta con attenzione ogni particolare, ma non coglie nulla di ragguardevole. Solo quando fa un passo indietro, e vede la raffigurazione nell'insieme, comprende. L'indizio è nella parata del carnevale che ha appena attraversato. Il madonnaro si sta divertendo a giocare con lei.

Con la stessa irruenza di prima, affronta la calca

per guadagnare un posto dove poter vedere ogni cosa.

Via Strada Nuova è stracolma di gente che applaude al passaggio del corteo.

Un colosso d'uomo issa uno stendardo, con la bandiera bianco crociata della Repubblica. Il vento gonfia il vessillo, rendendolo simile a un torace enfiato d'orgoglio. Uomini a cavallo, con grandi cappelli a cono, ne precedono altri a piedi, vestiti di panno paonazzo. I copricapi di questi ultimi sono ornati da piramidi di frutta, con un pennacchio conficcato sulla cima. Per la meraviglia di ogni spettatore, decine di cavalli incedono, scrollando la criniera, fieri dei loro finimenti: coperte preziose e stoffe di velluto di Genova, legate alle selle, arrivano fino agli zoccoli. Alcuni paggi reggono grandi ceste colme di fiori, altri gettano petali di ogni colore sul pubblico assiepato lungo la via.

Dietro di loro, impettiti, i giudici vestiti di nero e di boria. Le loro cavalcature sono adorne di un velo bianco, come se fossero spose.

Con i sensi all'erta, girando continuamente la testa per non farsi sfuggire nessun particolare, Pietra segue il corteo mentre fa il suo ingresso trionfale nella piazza, il cui lastricato è coperto di sabbia e segatura. Dai lati opposti dell'arena, aiutati dagli attendenti, i cavalieri che si misureranno per primi nella gara controllano le armi e ne saggiano la solidità.

Pietra nota sugli spalti una giovane dama bionda,

di straordinaria bellezza. Sta guardando nervosamente verso i partecipanti che si avvicenderanno nel torneo. Poi sembra tranquillizzarsi quando uno straniero si fa largo tra i cavalieri per guadagnare il centro dell'arena. L'uomo batte con forza la spada contro lo scudo per attirare l'attenzione delle autorità della Repubblica, poi grida a memoria la formula di rito che gli dà diritto, anche se non genovese, a partecipare al torneo, come vuole un bando del 1589:

Le Gentildonne genovesi,
di candidezza d'animo,
di bellezza di corpo,
d'altezza d'intelligenza,
di sincerità di fede,
di fermezza d'amore,
e d'ogni altra cortese maniera
e virtù conveniente a Donna nobile,
non cedono ad alcuna Donna
di qual si voglia provincia,
città o luogo del mondo.

L'avvenente dama arrossisce, perché sa che quelle parole sono dedicate a lei sola. Per timore che l'imbarazzo sia notato dal padre e dalla madre che le sono accanto, nasconde il volto con il velo.

I giudici alzano un braccio verso l'alto, accordando allo straniero il permesso di battersi contro un pari genovese da solo a solo, a tre colpi di picca e altrettanti di stocco.

Per dissuadere lo svolgimento dei duelli, la Chiesa ha decretato che chiunque vi partecipi, in caso di decesso, sia sepolto in terra sconsacrata persino se si pente in punto di morte. Mai decreto fu così ignorato. Infatti, ad assistere al torneo, e con gran piacere, c'è persino il vescovo, con accanto il fido segretario.

I cavalieri armano il braccio, calmano i cavalli e si raccolgono in silenzio per una preghiera, per un'ultima occhiata a una dama, o per darsi un contegno.

Un triplice squillo di chiarina, un rullo di tamburi e ancora la chiarina, e i giudici chiamano avanti a loro i partecipanti al torneo.

D'improvviso, un molosso sbavante, sfuggito al guinzaglio del padrone, si avventa ringhiando su un cavallo da duello, bardato di seta azzurra, e lo azzanna a una zampa posteriore. Uno zampillo di sangue macchia la gualdrappa e fa inorridire gli astanti. Il cavallo scalcia con la zampa libera, lacerando lembi di pelle dalla testa e dal fianco dell'aggressore, che non molla la presa. Il padrone del cane si precipita dal molosso e, a forza di bastonate, riesce a distogliere le mascelle della bestia dalla carne del quadrupede. L'arto del cavallo si muove disarticolato e cola liquido vitale: lo zoccolo non tocca terra, perché la zampa si piega molle a ogni tentativo. Allora il cavaliere smonta dall'animale ferito, afferra una mazza ferrata dalla sella e, senza tentennamenti, la cala sulla testa del cavallo, che stramazza al suolo con un nitrito. Non bastando, gli infligge un ultimo e definitivo colpo. Con uno scatto, furente, il cavaliere uccide nell'identico modo anche il cane.

La piazza ammutolisce.

Le donne più giovani e sensibili hanno già voltato lo sguardo, mentre i bambini tentano di vedere attraverso le dita premurose che hanno coperto i loro occhi.

Non appena le carcasse del cavallo e del molosso sono tolte di mezzo, gli spettatori acclamano i nomi degli eroi.

Solo allora entra in piazza un paggio, portando uno stendardo. Quando lo vede, Pietra s'irrigidisce, avvicinando le scapole con uno scatto involontario. Sul telo è raffigurata una Madonna con un'aureola sottile intorno ai lunghi capelli nerissimi. Vestita di un manto bianco che arriva fino a nasconderle i piedi, è seduta e regge in braccio un bambino sorridente. Un agnello ha il muso appoggiato a una coscia del piccolo Gesù e, con il fiato, gli scalda i piedi paffuti. Il cielo scuro alle spalle delle figure minaccia grandine. Un ramo contorto di rose rosse incornicia e definisce il disegno. Un uccellino sbuca tra i petali in alto; pare guardi Pietra e voglia dirle qualcosa con il beccuccio spalancato.

Ma lei non riesce a decifrare il messaggio contenuto nel disegno.

* * *

Quando la sfilata è terminata, la donna, delusa, con la testa piena di pensieri, si avvia verso casa, imboccando la strada dove si affacciano le botteghe dei mastri orafi.

Le passa accanto una ragazza formosa, sui sedici anni: trasporta un pesante secchio colmo d'acqua. Ne versa un po' ogni volta che cambia mano, poiché il manico sottile di ferro le segna il palmo. Un passaggio mal portato e il secchio si rovescia sul porfido del carruggio. All'istante, decine di minuscole tartarughe prendono a scappare in tutte le direzioni. Benché le loro zampe siano striminzite, corrono veloci. La giovane si dispera e, presa dal panico, non si risolve ad acchiapparne neppure una, non sapendo da quale cominciare.

Pietra accorre in suo aiuto e cattura l'una dopo l'altra le bestiole. Una sola si guadagna un'effimera libertà, gettandosi nel foro di un tombino di pietra. Uno squittio, cui ne fanno seguito altri, e le due donne capiscono che non è andata lontano. I topi hanno avuto un'insolita preda.

La venditrice di tartarughe ringrazia la Tunisina e

le confida che le ha risparmiato un bel po' di busche con la cintura.

Pietra le ravvia i capelli e la saluta prima di riprendere il cammino, riflettendo che forse gli indizi sono lì, sotto i suoi occhi, ma lei non riesce ad acchiapparli, come invece ha fatto con le tartarughe.

Giunta a casa, la trova deserta. Chiude le imposte e, senza prendersi la briga di spogliarsi, si sdraia nel letto. La fiamma dello stoppino disegna strane figure sul soffitto. Senza che lei lo abbia cercato, arriva il sonno a portarle un poco di pace.

Più tardi, un rumore insolito la desta d'improvviso. Una lama brilla al centro della stanza avvolta nella penombra. Pietra raccoglie le ginocchia al petto e le stringe con gli avambracci, fingendo di tremare di paura per indurre il nemico a essere meno previdente.

Il coltello avanza, inesorabile.

Un passo ancora.

D'un tratto, Pietra distingue la sagoma della nonna, con un coltello in una mano e con un tozzo di pane duro nell'altra. « Nonna, sei tu! » quasi grida.

« Aspettavi ospiti? Sarebbe una novità. »

Pietra si vergogna della sua paura, si dà della stupida. Chi altri poteva essere?

Chissà come, quella riflessione la spinge a ripensare al disegno del madonnaro.

E un'intuizione fragorosa, nel mare tempestoso della sua mente, la fa balzare giù dal letto.

« È così! » esclama.

Si precipita in strada con i sensi all'erta e si scapicolla lungo il carruggio, urtando chiunque abbia la ventura di trovarsi sul suo tragitto.

Ora sa chi sarà la prossima vittima.

XXVII

L'antro del mastro vetraio è un budello buio che scende quattro piani sottoterra. Vi si accede attraverso un cancello di ferro al piano della strada.

Nella bottega dal soffitto alto, uomini e donne, stremati, sono concentrati su quel lavoro così delicato da non ammettere neppure il più veniale degli errori. Per tutto il giorno, hanno prodotto lastre di cristallo che l'indomani avranno l'onore di diventare specchi; un lusso riservato a pochi.

Addossati a un muro, due artigiani spalmano con parsimonia dello stagno su un lato del vetro pregiato. Poi fissano lo stagno tramite un bagno di mercurio, tenendo in pressione la lastra a forza di braccia.

In un angolo, i soffiatori di vetro insufflano aria nelle canne e le rigirano per dar forma al bolo incandescente. Sotto la spinta del fiato, prendono sembianza due vasi dalla bocca larga cui verranno in seguito aggiunti i manici.

I lavoranti con più anni d'arte si riconoscono subito. Sono quelli che tossiscono in continuazione. Il vetro arricchisce ma non fa diventare vecchi.

Rosso in volto, accaldato, un garzone albino alimenta il fuoco sotto il forno, perché la fiamma non si deve mai spegnere. Anche un novellino sa che per portarlo di nuovo alla giusta temperatura ci vuole almeno un giorno: sarebbe tempo sprecato. Il fuoco vivido del forno nel centro della bottega serve anche per illuminare l'ambiente che non vede mai la luce del giorno.

Davanti a un tavolaccio, una donna mette in ordine una serie di bicchieri uguali, un servizio commissionato da un cardinale come regalo di nozze per un lontano parente.

Una ragazza dai capelli neri e dagli occhi gonfi ha spaccato un vecchio crogiolo e, con l'ausilio di un martelletto, sta recuperando il vetro rimasto sul fondo per darlo a pestare, così che sia fuso di nuovo.

Un garzone sbadiglia mentre, con un compagno, trasporta una carriola di sabbia da travasare in una tinozza d'acqua chiara. Altri artigiani hanno l'ingrato compito di separare la sabbia dai piccoli sassi, passandola al setaccio. Nello stesso tempo, un uomo anziano lava il calcino nell'acqua corrente di un rivo deviato per la bisogna.

Gli specchi finiti, pronti a essere venduti, sono appoggiati alle pareti della bottega. Sono alti come un uomo e anche più. Alcuni saranno infissi alle ante degli armadi, e altri, ornati dalla cornice, faranno bella mostra di sé nei saloni nobiliari.

Il mastro vetraio passa in rassegna i manufatti per essere certo che siano stati realizzati ad arte. Quando si dice soddisfatto, manda tutti a casa. Come ogni volta, quando è giorno di specchi, nella bottega hanno lavorato fino a tardi.

Sfiniti, i lavoranti si apprestano ad andarsene.

Solo la giovane al crogiolo ormai inservibile non si muove. « Padrone, resto ancora un poco per terminare il lavoro. »

Il mastro vetraio sa che è sempre l'ultima a uscire ed è inutile insistere perché cambi abitudine. « Va bene, Maria, fai come vuoi, benedetta figliola. »

In breve, la ragazza rimane sola nella bottega.

Da una grata di marmo al piano del carruggio arrivano un po' d'aria fresca e le chiacchiere di chi passa. Quelle parole rubate tengono compagnia alla giovane. Una coppia litiga a causa della suocera; una madre sospetta che la figlia sia incinta; un malnato fa la spia a un birro; un pazzo parla da solo...

Dopo almeno un'ora, la vetraia sente uno strano rumore provenire dalla sala superiore, dove è esposta la merce da vendere al dettaglio. Lasciando il lavoro, va a controllare che non si tratti di un ladro. « Chi è là? »

Nessuna risposta.

Sollevata, torna al suo posto, dandosi della sciocca. Si siede e riprende il lavoro.

Dopo un istante, a pochi passi da lei, appare dal nulla un uomo vestito da cocchiere.

La giovane donna si alza di scatto, brandendo il martello e l'asta incrostata di vetro che reggeva il crogiolo. Sente che quell'uomo è una minaccia. « Chi siete? Badate che gli altri stanno tornando », mente per spaventare lo sconosciuto e indurlo ad andarsene.

L'estraneo tiene le braccia lungo il corpo e avanza verso di lei. Poi, con un movimento irreale, i pugni chiusi, sorretti da polsi esili, si allungano fino a toccare terra.

Vedendo quella manifestazione di abilità demoniaca, la giovane rabbrividisce. « Da quale inferno venite, voi? » grida, e lancia contro l'uomo il martello. Ma lui lo schiva, piegando il collo e facendo svolazzare il bavero che gli nasconde il volto.

La ragazza trema, come tremano le decine d'immagini dell'uomo riflesse negli specchi addossati ai muri.

Quasi fosse in preda a un capogiro, la vetraia perde il senso dell'orientamento e non capisce, in questa danza di figure, quale sia l'immagine reale dell'aggressore. Lo scricchiolio del vetro sotto la suola delle scarpe le fa comprendere dove si trova. Si volta verso l'uomo proprio nell'attimo in cui un pugno sta per arrivarle sul viso. La giovane si abbassa in tempo. Però non riesce a fare altrettanto con un secondo, micidiale colpo che le spacca lo zigomo con un rumore sordo. Così arretra fino a una parete della stanza e, in preda al terrore, scaglia i bicchieri del cardinale contro l'uomo. Alcuni vanno a segno, ma non gli procurano nessun danno.

Rinculando ancora, urta la fila dei nuovi specchi. Spostandoli con entrambe le mani, tenta di farli cadere addosso al suo aggressore. L'uno dopo l'altro, tutti gli specchi, che puzzano ancora di fresco, si genuflettono, andando in frantumi, davanti ai piedi del cocchiere senza mai colpirlo.

Il sacrificio dei cristalli è servito solo a farle guadagnare un po' di tempo.

Per un lungo istante, tutto rimane immoto. Persino il fuoco del forno ha smesso di mormorare. Si odono solo singhiozzi e scricchiolii.

Poi, d'un tratto, l'uomo si lancia verso la donna e la colpisce sopra la fronte, strappandole pelle e capelli neri. Inebetita, anziché fuggire, la vittima va verso il carnefice. Pugni pesanti si abbattono su di lei, sino a farla stramazzare a terra, su un letto di schegge.

L'uomo non si ferma e continua a infierire sulla donna. Il consunto abito da lavoro della ragazza copre in parte lo scempio.

Infine i pugni abnormi si ritirano, per tornare lentamente nella profondità delle maniche dell'assassino.

Dalla tasca del pastrano, l'uomo prende una bacchetta da rabdomante e la mette tra le dita della mano sinistra della morta.

Poi si appresta a salire le scale per raggiungere l'uscita, ma una figura nera gli sbarra la strada.

Di fronte all'assassino c'è Pietra.

XXVIII

La rabdomante guarda il cadavere della donna a terra e poi fissa il cocchiere.

Stavolta Pietra non ha né tempo né modo di mettere in atto la sua difesa migliore, l'apparire inerme. L'assassino infatti carica a testa in avanti e la colpisce in pieno sterno, stordendola. Prima che si riprenda, lui la solleva e la scaraventa oltre la balaustra della scala, facendola precipitare sul pavimento irto di schegge di vetro. La ragazza si schianta su un grande mastello pieno di un liquido oleoso, ma non perde i sensi. Quando fa per rimettersi in piedi, sente un dolore acutissimo a un fianco. Un pezzo di specchio si è conficcato nella carne. Senza neppure un lamento, lei afferra la lama di luce e se la strappa via. Non getta la scheggia, ma ne fa un'arma. Avvolge la parte terminale del frammento di vetro in un fazzoletto e lo brandisce come un coltello.

Poi fa gli scalini a due a due per correre all'inseguimento dell'assassino, gridando: «Se è me che vuoi, sono qui!»

Quando esce all'aperto, dell'uomo non c'è traccia.

La bottega del mastro vetraio è in un carruggio cieco, dunque l'assassino è stato costretto ad andare verso piazza dell'Amor Perfetto. Pietra si precipita in quella direzione, suscitando l'ilarità di chi la incontra, perché ha il vestito bagnato trapuntato di briciole luccicanti.

Arrivata nella piazza degli innamorati, Pietra scivola sul porfido, sdrucciolevole per l'umidità della notte, e picchia proprio la parte ferita. Incurante del male, si guarda intorno e intravede un lembo del pastrano dell'uomo mentre lui entra nella bottega del mastro pellaio. « Fermati, malnato, fermati! »

Senza indugio, la ragazza divora i passi che la separano dall'assassino e varca la soglia della conceria.

L'oscurità è pressoché totale.

Da alcune tinozze poste all'ingresso si sprigiona un odore di foglie messe a macerare, così acre che serra naso e gola. Con i sensi all'erta, la ragazza drizza le orecchie per capire in quale direzione andare. Un rumore la induce ad avvicinarsi ad altri recipienti, più piccoli, ma solo per accorgersi che quel rumore è prodotto dall'allume per la concia delle pelli che gocciola in terra.

Mentre avanza nella bottega, il puzzo si fa ancora più forte e la ragazza si preme il colletto del vestito sul naso. L'altro avambraccio lo tiene piegato davanti al naso, a protezione di un possibile colpo portato al volto.

Una porta sbatte chissà dove e il suono rimbomba fino a lei.

Procedendo tentoni, Pietra urta una mensola e fa cadere un otre d'olio. In quel momento, l'assassino esce dal buio e l'aggredisce con un raschiatore, un attrezzo che serve a staccare i residui di carne dalle pelli. Pietra è lesta ad accucciarsi, e il colpo va a vuoto. Poi risponde menando un fendente con il pezzo di specchio che ancora impugna. È certa di essere andata a segno e di aver ferito la mano dell'aggressore, ma l'uomo non si è lasciato sfuggire neppure un lamento.

Poi la ragazza aspetta il secondo assalto. Sa che non riuscirà a evitarlo. Le tenebre sono alleate di quell'assassino.

Si gira più volte su se stessa, con il terrore d'essere colpita a tradimento, ma non succede nulla.

Dopo qualche minuto, la ragazza si rassegna: l'uomo si è dileguato.

Il cocchiere l'ha risparmiata. Per lei ha in mente qualcosa di speciale e non è ancora giunto il momento.

Pietra getta la scheggia di vetro ed esce dalla conceria con il vestito che cola liquido viscoso. I passanti si scostano al suo passaggio perché l'aspetto non è rassicurante, e non lo è neppure l'olezzo che emana.

Camminando mesta, torna verso la bottega del mastro vetraio. Scende le scale e s'inginocchia di fianco alla ragazza uccisa. I lineamenti della compagna sono cambiati ben poco dal tempo in cui lei era una bimba dai capelli nerissimi che frignava sempre, e che per questo veniva chiamata « la Piagnona ». Le verrebbe voglia di carezzarle il viso, ma si trattiene. Di misericordia a buon prezzo quella poveretta ne ha già avuta fin troppa da viva. Ora che è morta non deve essere costretta a subirne ancora.

« Maria. »

Pietra pronuncia quel nome con il tono di chi chiede perdono. Il disegno sullo stendardo non nascondeva enigmi, indicava solo la cosa più ovvia, come lei aveva intuito troppo tardi. Il nome stesso della Madonna era il nome della donna da uccidere quella notte. Maria.

La ragazza si maledice per non essere riuscita ad avvertirla del pericolo mortale.

Per scoprire dove abitava, le era bastato ripensare a lei e a quel piccolo specchio con il manico d'osso così ben levigato da cui non si separava mai. Diceva che glielo aveva lasciato la mamma quando era stata costretta ad abbandonarla. Forse era vero. E aggiungeva sempre che gli specchi erano nel suo destino.

Due soli maestri vetrai lavorano in Genova. Pietra aveva fatto qualche domanda ad alcuni soffiatori che subito le avevano parlato con trasporto della più instancabile delle lavoratrici, quella che aveva una vera passione per vetri e specchi. Le avevano detto che si chiamava Maria e aveva i capelli nerissimi.

La donna osserva il cadavere e nota che la poveretta è stata massacrata con colpi simili a quelli della lapidazione, ma non vede sassi intorno.

Risoluta, prende dal bordo di una vasca una lunga tenaglia che serve per spaccare il vetro in eccesso. « Perdonami, Maria », sussurra. Poi afferra una mano della morta, le allarga bene le dita, e le trancia di netto il pollice. Infine, con cura, avvolge il dito in un fazzoletto azzurro e lo infila nel tascone. Pensa che le potrà essere d'aiuto per incastrare l'assassino, per essere una volta tanto un passo avanti a lui.

Con una pietà che non riconosce sua, le tira giù il grembiule per coprirle una gamba nuda fino all'inguine. Nel farlo, sente che Maria ha qualcosa nella tasca davanti: uno specchio tondo con il manico d'osso. Allora scaglia lontano la bacchetta da rabdomante che l'assassino ha messo tra le mani della donna, e al suo posto mette lo specchio. « Maria, eccoti il regalo della mamma. Nessuno te lo porterà più via e ben presto ti specchierai insieme con lei, ridendo di quanto vi somigliate. »

Si solleva sulle ginocchia di colpo e se ne va, digrignando le mascelle sino a farsi male.

XXIX

Le onde impetuose al largo della Corsica si vanno rinforzando e ricacciano indietro la Galea Capitana. I rematori sono esortati a suon di frustate a dare il massimo per tenere testa alla forza contraria del mare.

Marcus rema con tale potenza che i remiganti del banco sono sbatacchiati avanti e indietro; non riuscendo a reggere il ritmo, si aggrappano al remo come naufraghi a una zattera.

Intanto, approfittando della concitazione a bordo, gli schiavi legati ai banchi si scambiano torvi cenni d'intesa.

Solo Marcus capisce quello che stanno tramando.

D'improvviso si sentono tre lunghi fischi da bovaro.

È il segnale.

Gli schiavi morlacchi si alzano insieme, si gettano addosso ai guardiani e li affrontano, armati delle catene e dei ceppi che sono riusciti a togliersi. I ribelli sono in numero superiore e hanno subito la meglio. I marinai che sopravvivono vengono immobilizzati con le corde, come prevedeva il piano che gli schiavi hanno escogitato fin dalla partenza.

Il furore degli schiavi è immenso perché lottano per la vita, e forse per qualcuno che li aspetta e non ha perso la speranza di abbracciarli di nuovo.

Marcus ha già vissuto situazioni simili e, non avendo di che guadagnarci, non s'impiccia. Lo stesso decidono di fare gli altri buonavoglia.

Scampato alla carneficina, un guardiano urla, dando l'allarme. Per zittirlo, un ammutinato gli taglia la gola.

Di colpo, la botola per accedere dal ponte alla stiva è spalancata e due ufficiali ruzzolano dalla scaletta. Dietro di loro, liberi da catene, scendono i gradini tre schiavi turchi e impartiscono ordini ai compari che si sono liberati dal giogo.

Sono loro, i turchi, che hanno tramato l'ammutinamento.

Il capo dei rivoltosi è un turco con la barba chiusa in punta da un legaccio. Impreca contro i cristiani e contro i suoi uomini perché il comandante, e con lui alcuni soldati, è riuscito a sottrarsi alla cattura, asserragliandosi nel suo alloggio. Non sono ancora riusciti a stanarlo.

Il barbuto chiama alcuni remiganti morlacchi, così da avere un numero sufficiente di uomini per portare l'attacco definitivo. Insieme con gli altri turchi, sale la scala e va all'aperto con l'intento di catturare e uccidere il comandante della galea.

Strisciando sul pavimento, non visto dagli altri per

via della confusione crescente, uno degli ufficiali gettati nella stiva raggiunge Marcus e gli bisbiglia: « Mi sono fatto catturare su ordine del comandante perché venissi a dirvi d'intervenire. Salvate la nave e non ve ne pentirete ».

Marcus ci pensa sopra, poi accetta l'accordo, stringendo l'avambraccio dell'ufficiale.

Il nerboruto buonavoglia si rizza in piedi e prende ad arringare i compagni, alzando i pugni: « Ascoltate! Se questi dannati prendono la nave, chi ci pagherà per il nostro lavoro? Avremo buttato via mesi di fatica. E voi, forzati, passerete per loro complici e nessuno vi ridarà la libertà. Sempre che non ci uccidano tutti. La cosa non mi piace ma noi, ora, dobbiamo difendere le nostre... »

Non è neppure necessario che Marcus finisca. I remiganti liberi hanno ben compreso la situazione e, per dimostrarlo, si scagliano contro i rivoltosi, cogliendoli di sorpresa.

Dal nulla spuntano coltelli e punteruoli più efficaci delle armi improvvisate degli schiavi. Lo scontro è di una violenza e di una ferocia inaudite. Molti ne approfittano per sistemare vecchie ruggini, che nulla c'entrano con la rivolta.

Marcus colpisce un morlacco su una spalla con una puleggia, spaccandogli la clavicola. Quindi, con un manrovescio, abbatte un altro schiavo, spedendolo in mano a dei galeotti che lo finiscono.

Grazie alla regola del terzo, il numero complessivo dei buonavoglia e dei forzati sovrasta quello degli schiavi. Per i rivoltosi è una carneficina.

Salendo su un banco per farsi udire nella calca, Marcus tuona: «Fermi, stolti! Non dovete uccidere gli schiavi, altrimenti chi remerà fino a casa? A remare saremmo troppo pochi e la fatica ci schiaccerebbe tutti, specie con questo mare cattivo».

Pur nella concitazione, i remiganti liberi e i galeotti trovano assennate le parole del compagno e ubbidiscono. L'avrebbero fatto in ogni caso, per timore di Marcus.

I ribelli sono catturati vivi e di nuovo incatenati ai banchi. Per maggior sicurezza, le loro mani vengono legate ai remi, così strettamente da farle sanguinare.

Capeggiati da Marcus, i buonavoglia e i forzati possono correre in soccorso del comandante.

Sulla tolda, ignari di quello che sta accadendo nella stiva, i tre turchi spronano gli schiavi a correre verso la porta dell'alloggio del comandante per scardinarla a spallate. I primi che gli ubbidiscono cadono sotto i colpi di moschetto sparati con maestria da uno degli asserragliati.

Si alza la voce colma d'ira del comandante: «Chi vuol essere il prossimo a morire, figli di cagne?»

Uno schiavo, obbligato ad andare all'assalto, è centrato in pieno al ventre da diversi proiettili. Con gli intestini in mano, arretra e li mostra ai turchi, quasi esigesse una ricompensa per il suo sacrificio. L'uomo con la barba lunga lo scosta in malo modo, poi, abbassando una mano, ordina a un morlacco con la faccia aguzza da lucertola di esplodere un colpo con una colubrina bastarda così da abbattere la porta.

L'uomo è recalcitrante. Non è uso a quel tipo di arma e teme sia pericoloso maneggiarla. « Ho sentito di gente inesperta che ha perso entrambe le mani. Io non... »

Il turco lo guarda torvo prima di schiaffeggiarlo. Il poveretto si appresta a ubbidire. Gira l'affusto per collocarlo nella corretta direzione, sistema una serie di palle di ferro all'interno della canna, aggiunge polvere da sparo in quantità sproporzionata al necessario e accende la miccia.

In quell'istante, sopraggiunge Marcus, tramortisce con un pugno l'inesperto cannoniere, solleva la colubrina bastarda oltre la testa e, prima che essa esploda il colpo che ha in gola, la getta in mare.

I ribelli rimangono sbigottiti nel vedere i rematori liberi e i forzati venire a frotte contro di loro. Non avevano previsto che si potessero schierare in difesa della galea. La botola della stiva continua a vomitare rematori che ben presto circondano gli insorti. Gli schiavi sanno di non avere speranza e depongono le loro misere armi.

Finalmente il comandante e i soldati asserragliati escono dal loro rifugio.

L'ufficiale ringrazia Marcus sollevando un braccio. Il rematore gli sorride.

I soldati spianano i fucili, pronti a uccidere gli ammutinati e ad affogare la ribellione nel sangue.

Gli schiavi morlacchi, in cerca di clemenza, spingono fuori dal gruppo i tre turchi, per far intendere che la colpa è loro.

Accorto come lo è stato poco prima Marcus, il comandante grida: «Che gli schiavi siano ricondotti ai banchi e per punizione non sia dato loro da mangiare né da bere fino a nuovo ordine».

I rivoltosi scendono nella stiva, pensando d'essersela cavata con poco.

Sulla tolda rimangono i turchi, che si guardano in tralice, ben sapendo che toccherà a loro pagare per tutti.

Come ubbidendo a una legge non scritta, e senza bisogno di ordini superiori, l'ufficiale che ha esortato Marcus a salvare la galea dai ribelli si avvicina al turco barbuto e, con un fendente preciso della sciabola, cala l'arma su una coscia dell'uomo, aprendogli una spanna di carne. Due marinai si avvicinano, sollevano il ferito per gettarlo in mare, ma il turco si divincola con forza e gli uomini della galea non riescono a portare a termine il compito.

Marcus li spinge via. «Fatevi da parte. Ci penso io.» Afferra il capo dei ribelli per i fianchi, lo solleva oltre il parapetto e lo scaglia in mare.

L'intero equipaggio si affaccia al parapetto, in attesa.

Passa poco tempo prima che un gruppo di squali accetti l'invito al banchetto. Le urla del turco svaniscono quando è trascinato sott'acqua da formidabili mascelle che non danno scampo. Un ribollire d'onda si colora di rosso; infine il mare si ritira a digerire la preda.

Gli altri due turchi che hanno capeggiato la rivolta insieme con il barbuto s'inginocchiano e implorano pietà, ma è inutile. Accompagnati da grida belluine, fanno la stessa fine del loro capo.

Gli schiavi morlacchi legati ai banchi hanno assistito dai fori d'uscita dei remi all'orribile morte dei tre turchi.

Finite le esecuzioni capitali, l'ufficiale ordina che tutti tornino ai propri posti.

L'unico che non si muove è Marcus.

Ora lui e il comandante devono sistemare i conti.

XXX

Genova,
6 marzo 1601

Si dice che l'impetuoso vento dal mare spiri in città quando le vedove sono in fregola, perché solo lui riesce ad alzare le loro gonne a lutto. Mulinelli d'aria sollevano rametti caduti e due cani con la rogna vi abbaiano contro, convinti che siano esseri viventi. Pronto ad approfittare della distrazione del venditore, un gabbiano volteggia sul banco del pesce in punta al mercato. Nell'osservarlo, un barcaiolo commenta ogni giorno nell'identico modo, a beneficio di chi passa di lì: « Quell'uccello campa a sbafo sulle spalle dei poveretti, uguale ai preti e ai ruffiani ».

Pietra lo sente appena, intenta com'è a fissare, nell'elenco delle orfane, i nomi delle donne in pericolo: Ines e Adelasia.

La rabdomante ha la consapevolezza che, per rimanere vive, possono contare solo su di lei. Per quanto le sembri assurdo, ormai è evidente che lei e le altre orfane sono chiamate a pagare la colpa di sei bambine così lontane nel tempo da apparire come perfette sconosciute alle donne che sono diventate.

Quanto a lei, l'assassino vuole che assista alla morte delle orfane con la speranza effimera di poterle salvare. Gode della sua inettitudine e di conseguenza del suo rimorso, sicuro che lei non è in grado d'intralciare il suo folle piano. Per questo l'omicida si diverte a lasciare indizi che suggeriscono in anticipo quale donna ha intenzione di uccidere.

Pietra sa che a lei è riservata una fine identica alle altre, ma il misterioso uccisore vuole serbarla per ultima, forse per punirla più di tutte e più a lungo.

La notte non è poi così lontana e deve trovare in fretta le amiche in pericolo. Quasi affiorasse da sola nella mente, un'idea, accompagnata da un volto, le viene in soccorso.

Dopo circa mezz'ora, raggiunge una strada di palazzi di lusso a ridosso delle mura cittadine, verso monte.

Varcato il cancello di una dimora patrizia, spalancato sul giardino alla francese, si trova di fronte a una nobildonna di mezza età in lacrime, sorretta e confortata dalla governante. Seppure siano passati molti anni, Pietra riconosce in lei la persona che è venuta a cercare: Cosima, della famiglia Brignole, una delle più rispettate e ricche di Genova. Accanto alla nobildonna, un birro azzimato tiene salda per un braccio una stracciona di circa quindici anni, che sbraita e scalcia.

Appena vede la rabdomante il soldato le urla contro: « Cosa vuoi, Tunisina? Di che t'impicci? »

« Chi è questa donna? » chiede Cosima.

« È una rabdomante, serva dell'Anticristo », risponde il birro.

Cosima toglie di mezzo la governante con una spinta. « Non importa chi è, se può aiutarmi. » Poi si rivolge a Pietra. « Questa ladra mi ha rubato una collana d'oro con pendagli di diamanti e con la chiusura fatta a serpente, con occhi rossi di rubino », spiega.

Con le vene del collo che s'ingrossano, l'accusata grida: « Non è vero! Io non ho preso nulla. »

Cosima continua come se non l'avesse sentita e, nella foga del racconto, si dimentica persino di piangere: « Me l'ha strappata dal collo mentre ero in piazza e poi è fuggita. Per mia fortuna, passava di lì questo buon birro cui ho chiesto soccorso. Ha rincorso la ladra e l'ha bloccata in fondo al carruggio prima che si dileguasse ».

Sperando che il ritrovamento del gioiello possa disporre Cosima ad aiutarla, Pietra chiede: « Aveva la collana con sé? »

« No », risponde la nobildonna, piccata. « Ma di certo l'ha nascosta nel tratto di strada lungo cui è fuggita. Purtroppo abbiamo guardato ovunque, ma invano. »

« È possibile che l'abbia passata a un complice? » chiede ancora Pietra.

« No, in strada in quel momento non c'era nessuno », interviene sicura la governante.

Il birro conferma, abbassando più volte il mento.

Cosima Brignole è divisa tra l'ira e la disperazione. « La collana appartiene alla nostra famiglia da tre generazioni. Devi ritrovarla, Tunisina. »

« Io mi chiamo Pie... Petra, se non v'incomoda. »

« Come desideri. Tollero anche la tua insolenza, basta che mi riporti il mio gioiello... Petra. »

La giovane impugna la forcella di legno di nocciolo, che come sempre tiene dietro la schiena, infilata nella cintura, e gira su se stessa finché lo strumento non si mette a oscillare.

Dopo aver sbirciato dalle finestre del palazzo, alcuni servi accorrono, ma si spostano subito, come se con la loro presenza temessero d'intralciare il fluido magico che scaturisce dalla forcella.

Pietra ripercorre la strada a ritroso – dal punto in cui si trovava fino al luogo del furto – badando a osservare ogni possibile anfratto e pertugio dove la ladra possa aver occultato l'oggetto rubato.

Camminando piano, punta la forcella in ogni direzione e a ogni altezza.

Cosima e tre servi la seguono da vicino, studiando

la bacchetta, cercando di cogliere anche un minimo fremito.

Come se Cosima non avesse occhi per vedere, la governante accanto a lei le descrive in un sussurro ogni mossa della ragazza: « Ora va verso un albero... Ora la forcella tocca una porta serrata... Torna indietro... Niente, ancora niente... »

La strada che la giovane sta battendo offre ben pochi nascondigli. Dopo aver controllato un'inferriata, un grosso ciuffo d'erba cresciuto in una crepa del lastricato e la fenditura di un muro, a Pietra non rimane che esaminare un giardino melmoso, con pochi, esili alberi e l'erba bassa. Sbircia quindi i piedi della stracciona, sempre tenuta a bada dal birro azzimato, e vede che non sono sporchi di fango.

Non ha altra scelta: deve ripercorrere il tragitto della fuga.

« Dunque, Tunisina, sai fare il mestiere tuo o no? » sbotta a un certo punto Cosima. « Io sono stanca di... »

In quell'istante, la forcella comincia a vibrare e Pietra segue il comando del legno. In modo inequivocabile, la punta della bacchetta la conduce verso il birro. L'uomo è il primo ad accorgersene e dà segni di nervosismo. Man mano che Pietra e lo strumento avanzano verso di lui, il soldato si sposta di lato, per togliersi dalla traiettoria accusatrice. Ormai però è chiaro che la donna tiene la bacchetta a fatica: a contatto con lo stomaco del birro, la punta oscilla con violenza.

Sbigottito, l'uomo mette mano all'elsa della spada, come se volesse difendersi dall'attacco del pezzo di legno. «Toglimi di dosso questo maledetto arnese, strega.»

Pietra si fa pulcino: abbassa le piume e rincagna il labbro inferiore tra i denti. «È colpa della forcella. Io non conto nulla.»

Da donna scaltra qual è, Cosima capisce al volo. Con un'alzata di sopracciglia, impartisce un ordine ai servi. Subito i valletti immobilizzano il birro, prima che lui possa usare l'arma. «Se vi sto accusando ingiustamente, allora vi ricompenserò per l'affronto. Altrimenti sarete voi a pagare», dichiara.

Già al primo frugare, la governante trova la collana con il fermaglio di serpente, nascosta nella tasca interna del panciotto del birro. La solleva per mostrarla a tutti, descrivendo un ampio cerchio con il braccio.

Pietra non deve neppure spiegare alla nobildonna che, quando il soldato ha fermato la ladra, si è fatto consegnare la refurtiva in cambio di un patto, che garantiva alla giovane incolumità e protezione in cambio del bottino.

Cosima Brignole agita una mano come se scacciasse una mosca fastidiosa, e i servi lasciano andare sia il birro sia la ladra.

La stracciona se ne va saltellando, come se avesse appena partecipato a un gioco divertente.

Il soldato guarda torvo Pietra. « Ti verrò a cercare, Tunisina. »

La ragazza lo affronta a muso duro. Ha per lui una frase d'addio: « Pietra è il mio nome ».

Il soldato sparisce in fretta, portando con sé niente altro che una promessa di vendetta.

Da donna di mondo qual è, Cosima Brignole rivolge lo sguardo a Pietra. « Ora che ho riavuto la collana, meglio lasciar correre e non inimicarsi gli uomini del Doge », dice. Quindi, in un sussurro, aggiunge: « Che sono in gran parte canaglie della stessa risma di quel soldato ».

Pietra la fissa di rimando, senza dire nulla.

A un cenno della padrona, la governante consegna una moneta d'oro a Pietra. È un buon compenso, non tanto per il servigio reso quanto per il suo silenzio.

Ma Pietra non si allontana. Anzi, si rivolge direttamente a Cosima. « Signora, io non mi trovo qui per caso. Sono venuta a chiedere la grazia d'essere ascoltata circa una faccenda di vita o di morte. »

La nobildonna cede alla curiosità. « Dimmi, in fretta. »

« Io vi conosco, anche se voi non vi ricorderete di me. Sono stata un'orfana del convento delle Piccole Sventurate del Signore... »

Cosima socchiude le palpebre e scruta il volto della

giovane. Poi scrolla le spalle. « Infatti non rammento. Voi bambine eravate tante... troppe. »

« Un paio di volte l'anno, insieme con altri illustri nobiluomini, venivate nell'orfanotrofio a distribuire dolci duri come selci. Voi eravate l'unica a sorridere. »

Cosima nota l'acredine di cui sono intrise le parole della giovane e cerca di tagliar corto: « E con questo? »

Ma Pietra non demorde: « Ricordo tutto, come se fosse accaduto soltanto ieri: ogni volta le suore ci mettevano in riga e voi ci tenevate un bel discorsetto sulla morale, concludendo che potevamo fare affidamento su di voi. E noi applaudivamo, riconoscenti, e gridavamo in coro il vostro onorato nome ».

« Se è un lavoro che pietisci, io non... »

« Niente affatto. »

Cosima si siede su una panchina in pietra accanto a una siepe. « Sono stanca e vorrei ritirarmi. Insomma, che pretendi? »

« Per molte di noi, la vostra promessa di aiuto era l'unica speranza, l'unica luce in un futuro nero... Ecco, è questo che vorrei sapere: alcune orfane, uscite dal convento, si sono rivolte a voi, in questi anni? »

« Molte. Anche se ho parlato con poche di loro. Sono così indaffarata... »

« Avete forse notizie di due donne della mia età? Si chiamano Ines e Adelasia. »

La nobildonna storce la bocca e socchiude ancora

le palpebre. « No, questi due nomi non mi dicono nulla. »

« Ma sì, padrona », interviene la governante in tono servizievole. « Si chiamava proprio Ines quella ragazza che è venuta da voi circa un anno fa, supplicandovi di darle un po' di farina. Voi l'avete accontentata e... »

Cosima interrompe la serva: « Ah, sì, ora rammento. Sì, una donnicciola pelle e ossa. Proprio un'orfana d'Albaro... »

Di slancio, Pietra prende le mani della nobile e le stringe. « Vi scongiuro, ditemi dove posso trovarla. Come vi dicevo, è una questione di vita o... »

Ma Cosima, di scatto, libera le mani dalla stretta di Pietra e se le pulisce nel vestito, come se fosse stata unta dalla peste. « Che fai? Come osi toccarmi? Vai al diavolo! » Poi si alza dalla panchina e, muovendo in fretta i piedi sotto l'ampia gonna, si avvia verso l'ingresso principale della sua dimora.

La governante fa qualche passo per seguirla, esita, poi torna verso Pietra. « Questa Ines era venuta a chiedere della farina in prestito, con l'intenzione di fare del pane in casa propria e poi venderlo. »

« Non sapete davvero dove possa trovarla? Vi prego... »

« Mi spiace, non so altro », mormora la governante. « Se non che quella farina l'ha poi ripagata, come promesso. »

Mentre la donna si allontana verso la casa, sopraggiungono due guardiani che spingono Pietra oltre il cancello, che poi viene chiuso con mandate rumorose.

⁂ ⁂ ⁂

Sconsolata e delusa, Pietra attraversa piazza delle Erbe, badando a non pestare la mercanzia posta sulle stuoie stese a terra.

Ha appena oltrepassato il Palazzo del Doge, imboccando poi un vicolo deserto, quando percepisce dietro di sé un movimento strano, un'ombra che avanza.

Prima che abbia il tempo di voltarsi, è afferrata da più mani che la immobilizzano, mentre la testa le viene chiusa in un sacco di iuta. Per quanto scalci, non riesce a divincolarsi e a scappare. Un nugolo di pugni si abbatte su di lei, facendola crollare a terra, boccheggiando. Gli aggressori continuano a pestarla, sferrando calci di punta e di tacco. Alla cieca.

Pietra non ha scampo, ma non si rassegna. Urla a bocca spalancata sino a farsi dolere la gola: « Aiuto! Aiuto! Aiuto! »

D'un tratto, inaspettatamente, gli aggressori smettono di picchiarla e, dopo un istante, una voce ovattata dalla iuta soffia maligna un avvertimento: « I ricatti non piacciono a chi ci manda. La prossima volta non saremo altrettanto delicati con te ».

I calci riprendono, più violenti di prima. Pietra capisce che deve smettere di divincolarsi e decide di fingere d'essere svenuta. Solo allora, forse, smetteranno di massacrarla, pensa, anche se non le è facile rimanere immobili, sapendo che sta per arrivare un colpo. Un calcio le centra un seno. Un'altra pedata la coglie alla base della spina dorsale.

Il suo piano funziona perché, dopo qualche altro colpo inferto solo per controllare se è davvero priva di sensi, la lasciano nella sporcizia del vicolo.

La voce sibila: « Andiamo, può bastare. Ormai ci siamo guadagnati la giornata ».

Mentre i delinquenti se ne vanno, Pietra percepisce l'odore che si lasciano alle spalle: incenso e cera, lo stesso odore che emana il segretario del vescovo.

Appena sente che i passi degli aggressori si sono allontanati a sufficienza, riesce a raggiungere i lacci che serrano il sacco e, con uno sforzo di nervi, si libera.

Poco distante, un mostruoso delfino di granito sputa acqua nei piedi di chi si avvicini per dissetarsi. La ragazza imbeve un fazzoletto e si pulisce del sangue che le cola da un gomito e da un sopracciglio. Meticolosa, cerca anche di riassettare il vestito che comunque, essendo di taglio dritto ed elementare, non ha bisogno di molte cure.

※ ※ ※

Il cuore pulsante della stamperia Pavoni, il torchio, non è in funzione. Tre garzoni lo stanno pulendo e pare proprio che l'inchiostro tolto dallo strumento sia finito per intero sui panni che indossano.

Con una brusca per cavalli, un lavorante raschia via delle croste nere dal piatto metallico superiore, detto platina, mentre un collega, armato di uno straccio ruvido, si occupa del binario. A un terzo operaio è affidata la grossa vite per imprimere l'inchiostro sulla carta. È un lavoro noioso, che bisogna fare ogni settimana se il torchio ha lavorato duramente. Lo stampatore assegna questo compito come punizione per qualche mancanza.

Pavoni è intento a controllare la riuscita della rilegatura del libro intitolato *A Nicolò Petrococcino, Proveditore di Casa d'India. Jeronimo Conestaggio. Relatione dell'apparecchio per sorprendere Algeri*. Sulla copertina, di ottimo marocchino, è impresso lo stemma inconfondibile del casato dei Doria.

Lo stampatore nota un difetto, una sbavatura, sulle lettere del dorso e grida: «Giobatta!»

Il rilegatore responsabile si avvicina e fissa l'errore, costernato. Senza neppure una parola, si fa consegnare il volume dal padrone e si allontana, deciso a sgridare il sottoposto per la negligenza e la pessima figura che gli ha fatto fare.

Pavoni si sposta a un altro tavolo, per verificare il lavoro di un uomo – incanutito e con una spalla storta – che sistema i caratteri in un ripiano di legno con i margini. Dopo aver osservato con attenzione, l'artigiano ha il plauso di una mano del libraio sulla spalla. « Nessuno vi potrà mai eguagliare, amico mio. »

Spingendo con un certo slancio, Pietra apre la porta della tipografia. Il battente urta con forza contro il muro, facendo cadere la chiave posta nella serratura all'interno. La giovane la raccoglie e la trova tiepida al tatto perché le mani sono intirizzite dal freddo.

Tutti si voltano a guardarla.

Giuseppe va subito incontro alla ragazza. « Che ti è successo? Chi è stato a ridurti così? Dobbiamo andare subito dal Bargello e... »

Stanca, Pietra gli prende le mani e parla con dolcezza, come a ringraziarlo di quella premura: « Non ora, ti prego ».

« Se con il tuo stato c'entra il libro che mi hai promesso di ritrovare, io... »

« Ci sono faccende più importanti di quella, che esigono la mia e, spero, la tua attenzione. »

Giuseppe le offre il braccio su cui appoggiarsi e la esorta ad accomodarsi nel suo studio. Appena dentro la stanza, Pietra si strofina le braccia per il freddo. Pavoni se ne avvede e si affretta ad alimentare il fuoco del camino che si sta addormentando. Due ciocchi stagionati e qualche colpo di soffietto ridestano le fiamme.

Pietra non può attendere oltre e, con voce tremolante, dice: « Ho incontrato l'assassino delle donne ».

Sbigottito dall'enormità della rivelazione, Giuseppe sgrana gli occhi. « È stato lui a ridurti così? »

« No, sono stati dei malnati senza coscienza né importanza nella faccenda che mi fa stare in pena. »

« Racconta, dunque. »

La giovane si avvicina al fuoco e continua a parlare: « Stanotte, con la convinzione di conoscere l'identità della vittima designata dall'assassino, sono andata nella bottega del mastro vetraio. Avevo ragione, ma sono arrivata troppo tardi. Il delitto era già stato compiuto ».

« E allora? Come hai potuto incontrarlo, se... »

« L'assassino era ancora là. Abbiamo lottato e io sono certa di averlo ferito a una mano o a un braccio... » Lo sguardo di Pietra si posa d'istinto sulle mani dello stampatore. E lei si dà della stupida prima ancora di vedere che non mostrano traccia di tagli. « Purtroppo è scappato. Ora so che l'assassino è un uomo forte, alto e che indossa un pastrano da cocchiere. Lo stesso uomo che, ne sono certa, mi è passato accanto in un'altra occasione, senza che potessi vederlo in viso. »

Non appena la giovane finisce di raccontare, entra una donna con movenze da faina, portando un vassoio con del vino cotto caldo. Pietra accetta il bicchiere più per scaldare le dita che per bere. Giuseppe lascia che il profumo del vino speziato si arrampichi su per le narici, poi chiede: « Ti serve aiuto. Cosa posso fare per te? »

« Per me, nulla. Forse potresti fare molto per le donne che di certo saranno assassinate se non si agisce in qualche modo. Io ora so chi sono. »

« Ma come hai fatto a... »

« Sono stata all'archivio della Curia. Avevi ragione: lì ho trovato quanto cercavo. » Gli mostra l'elenco. « Ecco i nomi delle mie compagne in convento. »

L'uomo legge con attenzione, scorrendo le righe con il dito indice. « Questi segni neri indicano le donne già morte, immagino... Dunque ne rimangono soltanto due vive... »

« È così. Bisogna impedire che facciano l'orribile fine delle altre. Io devo proteggerle. »

L'uomo riflette a lungo. « Ho delle faccende urgenti da sbrigare, ma ci metterò poco. Verrò io tra non molto a casa tua e cercheremo insieme di scoprire dove abitino le donne in pericolo di morte. Tanto per cominciare, abbiamo i loro nomi. È già molto. »

Pietra ha la sensazione d'essere più indifesa davanti a quest'uomo che di fronte al più scaltro dei furfanti.

XXXI

Nell'unica strada che la porta verso casa, Pietra attraversa un sagrato, dove uno stormo di cornacchie sta perlustrando fra i ciottoli per trovare i resti del cibo di ben augurio, lanciato agli sposi che hanno celebrato lì il matrimonio domenica scorsa. Altri uccelli arrivano a volo radente. La ragazza sente sul viso l'aria che si sposta quando sbattono le ali per planare al suolo.

Attorniata dagli uccelli, una vecchia suora guarda con insistenza un punto preciso del sagrato. La donna invita Pietra a raggiungerla, muovendo la mano che pare un groviglio fatto di dita. « Venite, venite a vedere che meraviglia. »

Quando le è accanto, Pietra non può fare a meno di notare che tra i denti della suora ci sono dei gancetti di ferro. Spesso la vanità si manifesta proprio là dove non te l'aspetti, pensa. La suora infatti ha la dentiera. È un'invenzione recente, alla portata di chi ha da spendere. Le persone che ci tengono al loro aspetto si fanno forare le gengive per ancorare al meglio i denti finti, realizzati con denti di morto o manufatti d'avorio. Per averne visti altri, Pietra sa che quello della religiosa è un modello un po' antiquato. Per fissare la dentiera alle gengive ormai si usano molle robuste, perché assicurino più tenuta. Tanto che è necessaria una pressione costante dei muscoli mascellari per tenere chiusa la bocca, altrimenti basta un attimo di distrazione perché le mascelle si spalanchino di scatto.

La suora dalla dentatura perfetta, sebbene finta, indica con il braccio teso un disegno fatto da un madonnaro, proprio davanti al portone della chiesa.

Inaspettato, un canto lontano di voci bianche e il suono petulante di un organo colano sulla piazzetta. Pietra s'impedisce di cadere nel deliquio di quelle note e osserva il dipinto.

Una Madonna Nera regge il Bambino per le braccine, nell'atto di farlo camminare. Dietro il velo azzurro della Madre, sbircia un angelo che solleva un vassoio con dei grappoli d'uva, mentre beve a canna da una bottiglia piena per metà di liquido scuro.

Pietra, incredula, crede d'aver compreso l'indicazione del madonnaro sull'identità della prossima vittima. Il segnale è così chiaro che la stessa Madonna pare voglia pronunciare il nome della donna che potrebbe essere uccisa dall'uomo vestito da cocchiere.

Euforica, la giovane sente accendersi un barlume di speranza.

Guarda la vecchia suora che ora ride, allegra. È una risata così aperta e puerile che ne rimangono contagiate persino le cornacchie che le zampettano vicino.

Il suono delle campane che battono l'ora fa scappare gli uccelli. La suora alza gli occhi al campanile. Quando li riabbassa, Pietra è sparita.

Stando attenta a non sbattere di nuovo la porta, la ragazza torna a varcare la soglia della tipografia Pavoni. Senza dare spiegazioni, trafelata, chiama a gran voce: « Giuseppe! »

Ai lavoranti non sfugge la confidenza del richiamo.

Allertato dalle grida della ragazza, lo stampatore sbuca da un cumulo di stracci che ha fatto raccogliere per venderli ai paperai e ricevere in cambio buona carta, sulla quale l'inchiostro non spande.

Pietra afferra il libraio per gli avambracci e, con l'affanno e la tensione che le impediscono di parlare con un tono dimesso, urla: « So chi sarà la vittima di questa notte. »

« Un altro disegno del madonnaro? »

« Sì, è così. Anche se ancora non ho capito qual è il suo ruolo in questa vicenda. Devo considerarlo un amico, un nemico o un demonio? »

Giuseppe non ha una risposta, ma una domanda sì. « Dimmi, chi è la donna che sarà uccisa? »

« Il suo nome è Adelasia. » A mo' di prova, prende di nuovo l'elenco. « Probabilmente si trova presso i vinai Camugino, suoi parenti, com'è riportato nella lista dell'orfanotrofio. »

« Come puoi essere certa che sia proprio lei? »

« Nel disegno del madonnaro erano raffigurati uva e vino. »

Lo stampatore accetta la spiegazione come prova definitiva, arricciando il naso. « Ma io conosco questo vinaio. È a poche strade da qui, verso Castelletto. »

« Corriamo da lei, subito. »

Con impeto, Pietra vuole trascinare con sé Giuseppe, ma l'uomo le resiste. « Credo sia meglio che tu vada da sola e le spieghi il pericolo. Non vorrei che, vedendo un estraneo, si spaventasse o sospettasse chissà quale macchinazione. »

Lei lo guarda con un'espressione a metà tra il perplesso e il deluso.

Ma Giuseppe la rassicura: « Io ti raggiungerò presto. Ti lascio solo un po' di tempo per parlare con lei. Su, vai ».

La ragazza pensa che sia un'argomentazione assennata e, così com'è venuta, di corsa, attraversa il magazzino ed esce dalla tipografia, sbattendo la porta.

Per darsi determinazione e coraggio, ripete a se stessa una frase, come un'invocazione, una formula magica: « Pietra è il mio nome ».

Il giorno non ha ancora intenzione di spirare tra le braccia del tramonto.

XXXII

I giovani cormorani volano, puntando in alto per beccare le stelle che luccicano nel cielo della notte, non sapendo quanto siano distanti. I vecchi cormorani ridono di loro.

La Galea Capitana della flotta della Repubblica di Genova fila veloce a pelo d'acqua. L'approdo è vicino. Per tutta la notte, il faro ammiccante della Lanterna le ha fatto l'occhiolino.

Marcus esce da un boccaporto per non essere visto e si issa con la sola forza delle braccia su una cima lungo la fiancata. Con il favore del buio, elude la sorveglianza della sentinella accanto al timone ed entra nella cabina del comandante. In silenzio, si porta vicino al suo letto, ma urta un pitale e l'altro si sveglia di soprassalto.

Pur avendo convocato lui Marcus, la vista di quell'energumeno lo inquieta. « Allora, hai scoperto chi ha rubato le monete mancanti dal baule spagnolo? »

Come risposta, il remigante slega dalla cintola una scarsella gonfia e la lancia tra le mani del comandante che soppesa l'involucro e valuta che il maltolto ci sia quasi tutto. Sa che di certo manca la parte che Marcus ha pensato bene di trattenere per sé. L'ufficiale lo capisce anche dal sorriso furbo dipinto sul volto dell'altro.

Non chiede al suo cane da guardia come abbia fatto a scoprire il ladro: non gli interessa. Ma pretende il nome del colpevole. Marcus lo accontenta. «Jacopo da Camogli.»

Meno di un'ora prima, per ottenere quel nome, a Marcus è bastato richiamare l'attenzione di remiganti, schiavi, forzati, buonavoglia e pronunciare poche parole: «Qualcuno di voi ha rubato dell'oro spagnolo. Lo voglio, ora». Poi ha teso l'enorme braccio davanti a sé con le dita aperte, senza aggiungere altro.

Jacopo da Camogli, un uomo d'età, con un muso da topo e la testa calva coperta da un cappellaccio di lana, si è fatto avanti, posando sul palmo di Marcus una scarsella tintinnante di monete nobili, asserendo d'averla trovata. Marcus lo ha schiaffeggiato e gli ha detto che di lui si occuperà il comandante in persona. Jacopo da Camogli ha pensato fosse meglio affrontare il capo della nave che Marcus.

Il sorcio ladro è rintanato in un angolo quando i marinai vengono a prelevarlo per portarlo in coperta.

Tutto l'equipaggio è schierato sul ponte. Il capo supremo della galea vuole che vedano cosa capita a chi ruba sulla sua nave.

Anche l'aurora, curiosa, fa capolino tra le nubi per

assistere allo spettacolo, spennellando il cielo del colore adeguato all'occasione, rosso sangue.

Il ladro è denudato d'ogni vestito e legato all'albero maestro, con la schiena al legno e le pudenda esposte. Come gli impone la legge, il comandante comunica il motivo e la portata della punizione: « Trenta nerbate per aver rubato averi appartenenti alla Repubblica. Si esegua ».

L'incarico d'infliggere la condanna è affidato a un ufficiale alto ed elegante. Le sue nerbate sono pietose e leggere. Il superiore se ne lagna e lo sprona a fare meglio. Uno sguardo d'intesa intercorre tra Marcus e il comandante. Il rematore si fa avanti e, senza troppe cerimonie, strappa il nerbo dalla mano dell'ufficiale.

« Toglietevi e guardate come si fa. »

I colpi del rematore sono di tutt'altra fatta e il nerbo scortica la carne ogni volta che cala sul petto e sui genitali del poveretto. Marcus conta ogni colpo ad alta voce e, man mano che il numero cresce, nel suo grido s'intuisce una sorta di dispiacere per il divertimento che rischia di esaurirsi troppo in fretta.

Già a metà dei colpi, i più capiscono che il ladro non sopravvivrà alla tortura.

Infatti, alla venticinquesima nerbata inferta con inaudita violenza, il poveretto spira.

Come tutti, anche Marcus se ne accorge, ma non si ferma e continua fino al termine della punizione, martoriando il cadavere.

XXXIII

Genova,
6 marzo 1601

Ai lati del portone d'ingresso della taverna Il Delfino Moro, a metà di vicolo Canneto il Lungo, due grosse botti fanno ala e accolgono chi, a fine pomeriggio, è in cerca di pessima compagnia e di buon vino.

Dalla finestra sulla strada, Pietra sbircia all'interno della bettola e vede che parecchi avventori sgomitano per essere serviti per primi. Altri, seduti ai tavoli, berciano la comanda con l'impellenza del vizio. Il taverniere fa quello che può per accontentare tutti.

La ragazza decide di entrare ed è accolta dal fastidioso odore di mosto e muffa. Come sempre, Pietra si mette in disparte e si fa ombra per passare inosservata.

Un uomo male in arnese ordina una bottiglia. Non appena gliela consegnano, la stappa con i denti, e comincia a berla prima di far sapere al taverniere che non ha soldi per pagare. Se qualcuno si azzardasse a togliergli il vino dalle mani, sarebbe pronto alla rissa. Dietro il bancone, il proprietario lo maledice, ma gli regala la bottiglia pur di non avere noie con i birri. Lo scroccone ha ciò che desidera e se ne va, facendo gorgogliare il vino nell'esofago arso.

Una donna anziana chiede del rosso perché un cerusico le ha prescritto di berlo per curare gli umori e i denti freddi. Tutti pensano che si sia preoccupata un po' troppo tardi, poiché in bocca ha solo tre denti e per giunta più neri del vino.

Una giovane sposa chiede una bottiglia per la cena. Il mastro vinaio le raccomanda per la sua salute di bere solo mangiando cibi ottimi. È risaputo che, con cibi mediocri, il vino assorbe dalle vene le materie putride. Contento di fare sfoggio d'erudizione, le assicura: « Il vino rosso sana milza, reni, vescica. Conosco dei medici fisici che lo prescrivono persino per tenere lontana la peste ».

« Per sentito dire da una persona erudita », interviene un viaggiatore, « so che, per eliminare le conseguenze nefaste delle acque corrotte, i pellegrini in Terra Santa sono stati costretti loro malgrado a bere vino in quantità e rapidamente. »

Con un sorriso ironico, il mastro vinaio giura che non ne sapeva nulla, ma che gli sembra una bella notizia. Gli avventori ridono. I più furbi approfittano del buonumore generale per passare avanti alla fila o per scolarsi il bicchiere del vicino di tavolo.

Una giovane donna si muove con grazia naturale

nell'asciugare il bancone, stando dalla parte dei clienti.

Avvertendo una strana sensazione, come un richiamo invisibile, la vinaia si volta e vede Pietra. Le due donne si studiano per un breve istante, poi, riconoscendosi, si gettano l'una nelle braccia dell'altra.

« Tu sei Pietra! »

« Adelasia... »

La commozione è grande, ma nessuna delle due versa lacrime. Le hanno sprecate tutte nel convento delle orfane.

Togliendosi il grembiule, Adelasia rivolge uno sguardo al taverniere. L'uomo capisce e, con un movimento ripetuto delle dita, ruotando il polso, le accorda benevolo il permesso di assentarsi.

Tenendosi per mano, le due ragazze attraversano il carruggio, varcano il portone proprio in faccia alla taverna, salgono le scale e s'infilano nella stanza angusta dove la giovane vive da sola.

Pietra vuole sapere tutto dell'amica, a cominciare dall'ultima volta che si sono viste, ma la curiosità di Adelasia è più prepotente, quindi è lei la prima a spiegare cosa ha fatto negli ultimi anni. Le racconta tutto con schiettezza e l'amica si bea della vita avventurosa che l'altra ha vissuto, in particolare del tempo passato a Tabarka. Poi, con meraviglia, apprende che Pietra usa ancora i suoi poteri da rabdomante come faceva da piccola in convento e che questo le dà di che mangiare.

« Sapevo che da un po' in Genova c'era una rabdomante. Ne ho sentito parlare spesso, ma non ho mai pensato fossi tu. »

Da parte sua, Adelasia ha poco da raccontare: « Raggiunta l'età in cui ho dovuto lasciare il convento, i miei nonni vinai mi hanno accolta con loro. Che non avessero bisogno di una nipote, ma di una lavorante senza paga, poco m'importa ».

« So come ci si sente. L'ho provato sulla mia pelle. »

Anticipando una domanda che la gente è solita farle, Adelasia confessa: « Ho molti pretendenti, ma non mi sono ancora decisa a maritarmi. E non ho bastardi per casa ». Poi ruota le braccia in fuori e se le posa in grembo.

Rivedere quel gesto commuove Pietra sbalzandola all'indietro negli anni. Torna con la mente in una camerata di bambine, antipatiche a Dio e alle suore, in una notte troppo buia di quindici anni prima.

⁂

Genova, 1586

La piccola Adelasia piangeva in silenzio, coprendosi la testa con la coperta, per non essere punita. Le suore non tolleravano che fossero tristi.

La bimba di appena sette anni aveva fame e la colpa era solo sua.

Nell'orfanotrofio il gioco delle mamme era il più diffuso. A turno, ognuna faceva la madre che non avevano avuto, perdonando, coccolando e viziando.

Nessuna era tanto brava a fare la mamma quanto Adelasia. Aveva sempre la parola giusta, il rimedio per il pancino che doleva, una carezza per una caduta, la saliva per un ginocchio sbucciato, una storia per fare addormentare la figlia di turno.

Con le bimbe appena arrivate era ancora più tenera. Faceva loro piccoli regali: un fiore, un nastro, un pezzo di corda, una coccinella, un dente di leone da soffiare...

Le bambine si accapigliavano perché volevano lei come surrogato di madre.

Adelasia aveva preso così sul serio il ruolo che si privava del poco cibo per darlo alle occasionali figlie, se queste si lamentavano d'avere fame, proprio come avrebbe fatto una vera mamma. Molte bambine, con l'astuzia del bisogno, ne approfittavano per avere razioni doppie.

Erano ormai due giorni che non mangiava. E, quella notte, piangeva per la fame, premendosi lo stomaco che protestava sonoramente.

Pietra si era accorta delle lacrime dell'amica ed era scivolata piano nel suo letto. Non era a mani vuote: portava con sé un tozzo di pane sfregato nel lardo.

Lo aveva offerto all'amica, ma Adelasia aveva rifiutato con indignazione, temendo d'essere spodestata dal suo ruolo. « Non voglio il tuo pane. Io sono la mamma. *Io* do il pane, non tu. » E, come faceva sempre, aveva ruotato le braccia in fuori, posandosele poi in grembo.

Pietra l'aveva guardata, poi, con aria complice e furbetta, le aveva detto: « Ma io non voglio fare la mamma. Io sono la nonna ».

Allora Adelasia aveva riso e, soddisfatta, aveva addentato il pane della « nonna ».

❋ ❋ ❋

Adelasia si accorge che l'amica non la sta ascoltando, persa com'è nei suoi pensieri, e la scrolla per un braccio. « Pietra... A che pensi? »

« A nulla. Ho avuto un giramento di testa », mente lei. Non vuole rievocare quell'episodio che potrebbe intristire l'amica.

La vinaia si alza subito, dicendo che è senz'altro la fame. Apre un cassetto della credenza e le allunga un tozzo di pane. Pietra sorride e pensa che tutto nella vita si pareggia.

La sera intanto ha steso il suo mantello su tutta Genova e i suoni si fanno bisbigli.

Decisa, Pietra allontana l'amica per guardarla bene in faccia.

L'altra si accorge con sgomento che d'improvviso si è rabbuiata in volto.

« Adelasia, ti ricordi di Nora? »

A udire quel nome, la giovane s'irrigidisce e ha un moto di fastidio, come se fosse stata punta. « Certo che me la ricordo. La spia. »

Le due donne si guardano per un interminabile istante.

Adelasia parla per prima: « Sai tutto, vero? »

« È così. Io vi ho visto mentre uccidevate a sassate quella poveretta. » Pietra si ferma, pentita d'avere usato un'espressione così cruda.

Risoluta, Adelasia la toglie dall'imbarazzo: « È una vicenda che ha coinvolto delle bambine e noi siamo donne, ora ». Poi aggiunge con durezza: « Se vuoi sapere la verità, la bambina che ero non si è mai pentita e lo rifarebbe. Dimentica, Pietra ».

« Io l'ho fatto, ma qualcuno no. E quel qualcuno vuole vendicare la morte di Nora. »

« Chi? » domanda l'altra, sbigottita.

« Ha l'aspetto di un cocchiere. Altro non so. »

Benché sia doloroso, per spiegarle la situazione, Pietra è costretta a rivangare la tragica vicenda fin dal principio. « A lapidare Nora e a gettarla nel dirupo eravate in cinque. Ebbene, tre sono già state assassinate l'una dopo l'altra e in breve tempo. »

Adelasia trattiene il fiato e sgrana gli occhi per l'orrore.

Pietra continua: «Sono certa che questa notte toccherà a te».

La notizia colpisce Adelasia come un manrovescio. Il terrore le monta dentro e lei cerca di buttarlo fuori, vomitando in un secchio afferrato giusto in tempo.

«Io sono qui per aiutarti», cerca di consolarla Pietra.

Sopraffatta, l'altra si accascia sopra una sedia, bianca come ricotta.

«Oltre a te, a essere ancora viva c'è solo Ines. E io, naturalmente. La più colpevole di tutte, perché ho assistito senza far nulla e non vi ho mai accusato.»

In quell'istante, sentono bussare alla porta.

Il rumore spaventa Adelasia tanto da strapparle un grido. Pietra la tranquillizza: «Non avere paura. È una persona che ho chiamato per aiutarci». E, dopo essersi assicurata che sia proprio Giuseppe, apre la porta e lo fa entrare.

L'uomo osserva Adelasia. «Vedo che le hai raccontato tutto», commenta.

«Sì, com'era giusto», replica Pietra. Poi si rivolge all'amica. «Io starò chiusa con te in questa stanza. Sbarreremo le imposte delle finestre e la porta. Nessuno riuscirà a entrare. Né uomo né diavolo.»

«Io starò di guardia qui fuori per l'intera notte», interviene Giuseppe. «Mi nasconderò in una botte esposta all'ingresso della vostra taverna.» Poi consegna una pistola a ciascuna donna. «Prendete queste armi. Non vi serviranno, ma è meglio averle per ogni evenienza. »

Adelasia tiene la pistola per la canna con due sole dita, come se scottasse. Non ne ha mai toccata una.

« E tu sei disarmato? » chiede Pietra.

L'uomo apre il mantello, rivelando una pistola, una spada e una balestra da polso.

Senza aggiungere nulla, se ne va, chiudendo l'uscio dietro di sé. Le donne sbarrano la porta e, prima di serrare anche le finestre, Pietra sbircia nel carruggio finché non vede Giuseppe sgattaiolare con agilità nel vicolo ed entrare all'interno della botte. La ragazza nota una fessura quasi invisibile tra assi e coperchio: servirà all'uomo nascosto per tenere d'occhio l'intera strada.

Reggendo in grembo le armi, le donne si mettono spalle al muro, in posizione frontale rispetto alla porta.

Aspettano l'assassino.

XXXIV

Genova,
7 marzo 1601

Fredda come marmo, la mezzanotte è trascorsa da poco. I tozzetti di porfido del vicolo sono incastonati di piccole pozze d'acqua gelate che brillano e paiono diamanti.

Un'ombra cammina rasente ai muri. Il bavero alzato oltre le orecchie gli nasconde il volto, come sempre. Un refolo di vento muove l'orlo del pastrano.

Un ubriaco lo canzona, strillando al compare di sbornia che al cocchiere appiedato è scappato il cavallo.

L'assassino li ignora. Ha altri progetti.

Avanza, procedendo a fianco di un carro di fieno che transita nel vicolo, seguendolo nel tragitto. Si mantiene basso e cammina vicino a una ruota per non essere visto. Il carrettiere non lo nota e procede lento, spronando il cavallo a tirare con più lena.

Certo di non essere stato scorto, l'uomo abbandona il nascondiglio proprio davanti alla casa della vittima. Fingendo di avere qualche difficoltà con una chiave difettosa, armeggia con un grimaldello a due punte e scassina la serratura del portone. Entra richiudendo il battente dietro di sé. Salite le scale, si ferma davanti all'appartamento che gli interessa e origlia.

Silenzio.

Con lo stesso grimaldello, forza la serratura senza fare rumore. Gira la maniglia e si accorge che la porta è chiusa dall'interno con la spranga.

Risoluto, infila un coltello dalla lama larga nella fessura tra i battenti e spinge verso l'alto. Dopo alcuni tentativi infruttuosi, il legno che teneva serrato l'uscio cade sul pavimento all'interno della stanza.

L'uomo spalanca la porta con un calcio e si trova davanti una donna dai capelli lisci e biondi. Sta impastando il pane da mettere nel forno che sembra aspettarlo, ingordo.

Terrorizzata, Ines solleva le mani sporche di farina, mossa dall'assurda speranza di potersi arrendere. «Che volete da me? Sono una povera donna, io non...»

L'assassino pregusta l'orrore che sta per scatenare.

Vedendo le braccia dell'uomo allungarsi sino a sfiorare il pavimento, Ines apre tanto gli occhi da sentir male. «Demonio!» grida. Lancia il mattarello contro l'aggressore, poi fa altrettanto con l'impasto e il cesto della farina. « Tornate da quella cagna che vi ha partorito! »

Per tutta risposta, l'assassino solleva un braccio e lo vibra verso l'alto. Ines avverte un colpo alla tempia e un capogiro la conduce in un macabro ballo cui non può sottrarsi. Prima di cadere a terra, un'altra percossa sulla fronte la fa volteggiare su se stessa. Ines cade tra le fiamme vivide del forno. Il dolore le pervade il corpo, ma non ha più la padronanza dei movimenti ed è costretta a guardarsi ardere.

Premuroso, l'uomo la abbranca per i vestiti, che sollevano una nuvola di farina, e la sottrae al fuoco.

Non è questo il modo di morire che ha scelto per lei.

In completa balia dell'assassino, Ines sta ritta in piedi, benché senta le gambe di sabbia. Il carnefice approfitta della posizione della vittima e la percuote con altre pesanti mazzate. Come fosse un burattino da fiera, la ragazza è sballottata verso la direzione opposta alla botta che riceve.

Un colpo portato con il peso del busto le spezza un femore e Ines cade a terra in una posizione contorta. Un pugno dato con perizia la coglie in mezzo agli occhi, proprio sopra il setto nasale.

L'assassino può infierire sulla donna con calma, dato che Ines è spirata da un pezzo.

Finito lo scempio di carne e ossa, l'uomo con il pastrano nero depone tra le dita sporche di farina e sangue una bacchetta da rabdomante.

Per qualche istante osserva con compiacimento la sua opera di morte. Poi, soddisfatto, torna in strada e si dilegua, rallegrandosi che sia una notte incantevole.

XXXV

In casa di Adelasia le ore avanzano lente come un carro funebre.

L'alba porta con sé la luce e la certezza che l'assassino non verrà.

Le donne sono esauste per non aver dormito neppure un istante. Pietra posa la pistola sul tavolo, apre la porta e va nel carruggio a chiamare Giuseppe.

Dalla fessura sotto il coperchio della botte, l'uomo la vede venire verso di sé e solo allora lascia il nascondiglio. In fretta, prima che passi qualcuno, i due si buttano le braccia al collo per scoprirsi vivi, poi si prendono per mano e rientrano nell'appartamento di Adelasia.

Lì si siedono e, in silenzio, guardano la donna muoversi per casa. Rinfrancata per lo scampato pericolo, dubitando in cuor suo che Pietra avesse ragione sulla vicenda delle donne uccise, è indaffarata a cuocere delle uova dal tuorlo pallido. « Una frittata e le pagnotte avanzate inzuppate nel latte sono il modo giusto per riprendersi da una notte insonne e carica d'angoscia », dice, garrula.

In breve il cibo è pronto e i tre mangiano con appetito. Giuseppe e Adelasia si rallegrano che non sia accaduto nulla e chiacchierano di cose futili. Pietra non prende parte alla conversazione: è delusa per non aver interpretato il messaggio premonitore del madonnaro. Forse l'assassino si è accorto dell'agguato e non ha agito, riflette. In ogni caso, è certa che continuerà la caccia. Magari verrà la prossima notte.

Giuseppe si alza e si accomoda il mantello sulle spalle. « Credo che sia tempo di andare. »

« Non uscire da casa almeno per oggi », suggerisce Pietra all'amica. « Meglio essere prudenti. »

« Come vuoi. Dirò al mastro vinaio che sono indisposta per cose di donne e non posso lavorare. Un po' di riposo me lo sono meritato. »

Giuseppe apre la porta e la tiene spalancata. Aspetta che le donne si abbraccino per salutarsi, poi precede Pietra lungo le scale.

Nella strada ancora deserta, la giovane si accomiata da Giuseppe con l'aria di chi si stia scusando per aver arrecato un fastidio. « Ti ringrazio per stanotte. Sei stato molto comprensivo con me. È probabile che mi sia sbagliata e l'assassino... »

L'uomo la interrompe con un bacio sottile a lato della bocca e poi scappa via.

Mentre si pulisce le labbra con la manica del vestito, pentendosi a metà del gesto, Pietra guarda lo stampatore sparire dietro il trogolo delle lavandaie.

Di colpo, alle sue spalle, una voce aspra che la fa trasalire: « Tunisina! »

Non ha neppure bisogno di voltarsi per sapere chi l'ha chiamata: è Giacomo Basso, il Bargello.

« Eccellenza, cosa volete ancora da me? »

Senza replicare, il Bargello s'incammina e Pietra lo segue, rimanendo dietro.

Dal volto terreo e imbronciato, ha già capito che l'uomo la sta conducendo al cadavere di un'altra donna.

Svoltata piazza Del Ferro, dietro il giardino pensile di un palazzo nobiliare, i due prendono per un carruggio sporco e maleodorante, dove transitano i carri carichi di merci diretti al porto.

Il Bargello si ferma di colpo e indica una porta da dove si vede una ripida rampa di scale. « Vai avanti », ordina alla ragazza.

Pietra sale i gradini appoggiandosi alle pareti che trasudano umidità.

Dall'uscio spalancato di un appartamento al primo piano, vede il cadavere di una donna massacrata nel modo che ha imparato a conoscere. Il corpo privo di vita e steso per terra è così mal ridotto da non sembrare neppure quello di un essere umano.

Pietra vuole dare certezza al suo sospetto. Non può impedirsi di chiedere, benché sappia che le costerà caro: « Si chiamava Ines? »

Il Bargello scatta verso di lei come se l'avesse insultato. «Dunque sai chi è.»

Pietra si rintana nei vestiti.

«Come conoscevi le altre vittime, vero, strega?» le urla contro il Bargello.

La donna sospira, ma all'uomo non basta. Sguainando un pugnale, indica con la lama la bacchetta da rabdomante che la morta ha infilata tra le mani. «Tu sai troppo di queste morti e io sono stufo. Ogni donna aveva una forcella da rabdomante. E tu sei una rabdomante. In più, adesso so che conoscevi l'identità delle donne uccise. Parla o quanto è vero Iddio...»

La ragazza si ostina a tacere.

«Allora? Vuoi che ti affidi al boia?» Il Bargello schiuma di rabbia. «Lui sa essere molto persuasivo. Nessuno rimane in silenzio a lungo con lui, credimi.»

Pietra alza la testa con fierezza. «Io non so nulla», risponde, cercando di apparire calma. «Potete anche torturarmi, ma non servirà a strapparmi di dosso ciò che non possiedo.»

Con la mano protetta dal guanto, il Bargello schiaffeggia Pietra in pieno viso, poi ripone la mano sotto la giubba di cuoio, come se rinfoderasse una spada.

Pietra sa fin troppo bene che quello schiaffo non è dovuto solo al suo ostinato silenzio, ma anche al bruciante desiderio di vendetta del Bargello dopo la faccenda del Doge. In fondo, ha dovuto aspettare solo pochi giorni, riflette la ragazza.

« Per il momento sei libera d'andartene, tanto non puoi sfuggirmi. Ci rivedremo molto presto, strega. E parlerai. »

« Eccellenza... »

Mentre l'uomo si accinge a ispezionare il cadavere, Pietra esce dalla casa e si allontana. Camminando, per dimenticare il Bargello e il suo schiaffo, si costringe a riflettere sugli omicidi.

Mentre lei e lo stampatore proteggevano Adelasia, l'altra donna rimasta, Ines, moriva.

È certa che l'indizio del disegno del madonnaro fosse chiaro, che non può essersi sbagliata. Anche questo comportamento fa parte del piano, pensa. All'inizio, il madonnaro le ha dato indicazioni precise, per indurla a giudicarlo affidabile. Al momento opportuno, l'ha depistata e così ha potuto uccidere indisturbato. Inoltre è sicura che l'assassino, con quel messaggio fallace, ha voluto mischiare le carte, farle intendere che lei deve aspettarsi di tutto. Un modo per rendere più interessante la macabra danza che la costringe a ballare. Ora però, se l'omicida vuole completare la sua vendetta, deve uccidere Adelasia e me, deduce. Non ha altre mosse. Dunque dovrà esporsi, farsi avanti.

La donna giura a se stessa che quell'assassino non la troverà impreparata. E, quando s'incontreranno di nuovo, toccherà a lui avere paura. « Pietra è il mio nome », mormora.

Una mano le afferra un polso. Prima ancora di scorgere il volto di chi l'ha fermata, Pietra vede un grembiule insanguinato. Ma capisce subito che non si tratta di sangue umano. L'uomo che le si para davanti è Rico, il macellaio. Con fare spiccio, le sventola sotto il naso una cuffietta da donna.

« Questa è l'unica cosa che mi resta di mia moglie. È sparita da casa due mesi fa, portandosi via tutte le sue cose. Dimmi con la tua magia se tornerà, Tunisina. »

Pietra rammenta bene i segni sul viso di quella povera donna. A volte, restava chiusa in casa per settimane, vergognandosi di mostrarsi con gli occhi tumefatti e con il naso gonfio. Passando da quelle parti, l'aveva spesso sentita urlare, implorando pietà.

Non ottenendo risposta, l'uomo scrolla il braccio di Pietra. « Allora, vuoi dirmi qualcosa? Devo sapere della mia Clara! »

Dopo essersi divincolata dalla stretta del macellaio, Pietra afferra con decisione la forcella e la passa sopra la cuffietta. Il legno resta immobile, nessun fremito. Allora, con aria sfrontata, lei risponde: « No, tua moglie non tornerà più ».

L'uomo irrigidisce la mascella e guarda torvo la ragazza. « Meriteresti di essere uccisa, proprio come tu hai ucciso la mia speranza. » Furente, le sputa in faccia, nella speranza che lei reagisca e gli dia così una scusa per malmenarla.

Pietra si limita a fissarlo con gli occhi di un cerbiatto ferito.

Deluso, l'uomo getta via la cuffietta e se ne va strascicando i piedi.

Prima che Pietra si allontani, una vecchia pettegola sdentata, che ha ascoltato tutto da una finestra al pianterreno, le chiede: « Come fai a sapere che la moglie del macellaio non tornerà? Davvero te lo ha detto il bastone? »

Pietra alza la testa. « Da uomini così non si torna », sibila. Poi si aggiusta lo scialle e si allontana, accompagnata dalla risata della vecchia.

XXXVI

Nel porto di Genova, la Galea Capitana è attraccata in punta all'Arsenale, e le gomene la tengono avvinghiata alla terra.

Sulla scaletta, i rematori liberi si spingono per scendere dalla nave per primi, con l'urgenza di tornare dai figli, da una moglie o in un lupanare.

Sul molo, ad attendere gli uomini che sbarcano, con le gambe che faticano a trovare l'equilibrio dopo settimane in mare, c'è Marcus.

Esige da ognuno un decimo della paga, con il pretesto di aver dato protezione durante il tragitto. In una lercia scarsella di pelle di daino, ogni rematore lascia cadere la quota che è costretto a sborsare per non avere guai.

Non vedendo ragione per decurtare il già magro guadagno, un buonavoglia al suo primo imbarco tira dritto senza pagare. Il rematore libero che gli è dietro nella fila cerca di fermarlo per metterlo in guardia, ma è troppo tardi.

Marcus lascia cadere la scarsella al suolo. Alcune monete rotolano lontano, come se non volessero assistere alla punizione. L'energumeno è lesto nell'afferrare per il collo il rematore e, mentre lo strozza, lo solleva da terra. I muscoli abnormi dei bicipiti diventano turgidi come bitte d'attracco. Per quanti sforzi compia, l'altro non riesce a liberarsi dalla morsa delle dita di Marcus. In breve, gli manca l'aria e lo supplica con lo sguardo acquoso. Marcus non allenta la presa e guarda dritto negli occhi il poveretto, che ha il volto congestionato, le labbra viola e la bocca inutilmente schiusa.

Quando sta per perdere i sensi, Marcus lo lascia cadere al suolo. L'altro trae un lungo respiro per far affluire aria nei polmoni e si accorge che sta sanguinando da una narice.

Non ancora domo, si alza con un guizzo e tenta di scappare un'altra volta. Marcus gonfia il torace, batte le mani, producendo un rumore assordante simile a un colpo di moschetto; poi, con uno scatto, corre dietro al fuggiasco, lo acchiappa per la collottola e gli torce un braccio fin quasi a spezzarlo. Il buonavoglia lo implora di fermarsi e, con la mano libera, gli porge un involto con dentro tutta la paga. Soddisfatto, Marcus si prende i soldi e li ripone nella tasca della giubba. Poi, con un movimento rotatorio verso l'alto, rompe il braccio del rematore. «La prossima volta sarai più lesto a pagare», lo ammonisce.

Il ferito se ne va reggendosi il braccio spezzato, pensando a cosa dirà a moglie e figli per giustificare che è tornato senza un soldo. A una tavola senza cibo si siedono gli stolti e gli eroi, pensa più d'uno dei presenti.

Senza fiatare, i remiganti pagano alla svelta l'obolo e si dileguano per timore di altre angherie.

Marcus non è di buonumore.

Un ufficiale in coperta ha assistito al sopruso ma, appena Marcus alza gli occhi verso di lui, preferisce nascondersi dietro un angolo di vela e fingere di non avere visto.

Quando anche l'ultimo dei remiganti è sceso dalla galea, Marcus va verso la banchina, dove giace la merce appena scaricata. Con le dita squarcia la solida rete da carico e si serve impunemente di arance di Sicilia. Schiaccia con una sola mano un frutto e ne spreme in gola il succo asprigno. Saggiata la bontà dell'agrume, se ne carica un sacco per spalla e si avvia verso la parte alta della città.

Come fa sempre al ritorno da ogni ingaggio, passa sotto i portici della Ripa, dove si affacciano decine di botteghe, per piazzare la merce sottratta al carico. Il primo commerciante cui propone le arance le compra subito e senza trattare sul prezzo, con la speranza che la prossima volta tocchi a qualcun altro.

Un carruggio che puzza d'urina accoglie Marcus che cammina sbattendo le suole, perché si accorgano del suo passaggio.

Poi, subito dopo un incrocio, Marcus passa in un carruggio oscuro, dove nessuno va volentieri.

Tre cani si azzuffano per un misero osso di bue alla fine della strada dei macelli di Soziglia. Mentre l'energumeno guarda divertito le bestie, una sensazione di allerta lo fa voltare di scatto.

Davanti a lui c'è la sagoma nera di un uomo vestito da cocchiere.

XXXVII

Sotto le lame dei coltelli, le cipolle danno libero sfogo agli umori urticanti per vendicarsi di chi le sta facendo a pezzi. Senza sapersi trattenere, Pietra e Adelasia piangono copiose lacrime. Le amiche preparano una zuppa per tenersi occupate. Nella pentola dell'acqua messa a bollire galleggia un pezzo di carne grassa da brodo. Adelasia aggiunge, esagerando nella dose, una mezza bottiglia di vino rosso. «Con il mestiere che faccio, è l'unica cosa che non mi manca mai», celia.

Mentre Pietra mette le cipolle a soffriggere in una padella, l'altra taglia due fette di pane grandi come una mano.

Per la stanza si spande un odore di buono che fa venire appetito.

Le donne mangiano in silenzio, pronte a cogliere il minimo rumore, costrette a passare un'altra notte di veglia in attesa dell'assassino. Sono loro le uniche superstiti della lista di chi ha deciso di vendicare Nora.

Due presenze rassicuranti - un'ascia e un pugnale

posati sul tavolo – tengono loro compagnia in attesa dell'arrivo di Giuseppe Pavoni.

D'un tratto, Adelasia comincia a sudare e si piega in due, come se le si stessero aggrovigliando le viscere. Convinta sia un malore dovuto alla tensione per quell'attesa logorante, non dice nulla, ma l'amica si accorge subito che qualcosa non va. « Cosa succede? »

« Non so cosa mi stia capitando, ma io... » Adelasia caccia un urlo per via di uno spasmo più forte dei precedenti e si comprime il ventre per fermare il dolore. Poi, contorcendosi, scivola dalla sedia e si accascia a terra. Un filo di schiuma verdastra si va ispessendo agli angoli della bocca. Lacrime di sangue iniziano a rigarle le guance.

Pietra sa di cosa si tratta. L'avvelenamento è una pratica molto usata anche dai tunisini e a Tabarka ha visto l'agonia di più di una vittima della « morte invisibile ».

Pietra non se la sente di mentire. « Adelasia, sono certa che ti hanno avvelenata. »

In preda al terrore, la donna si aggrappa al vestito dell'amica.

Pietra le tiene la mano e intanto chiede: « Hai mangiato o bevuto qualcosa che non sapevi da dove provenisse? »

« Io non... Un momento... Mi hanno portato un salame, tre giorni fa. Il regalo di un... un ammiratore segreto. Così mi ha detto il garzone del macellaio che me l'ha consegnato.»

«L'hai assaggiato?»

«Ne ho mangiato un poco tutti... tutti i giorni. Il salame più saporito che abbia mai assaggiato.»

«Anche oggi?»

«Sì... ah... stamattina, sul presto.»

Pietra maledice la perfida abilità dell'assassino: di certo ha calcolato che il veleno nascosto nel salume avrebbe fatto effetto proprio quella notte, così da non perdere il ritmo della sua vendetta. E senza correre rischi: perché sospettava che lo stessero aspettando, e non è caduto nel tranello.

Adelasia tira un sospiro lancinante che le fa inarcare la colonna vertebrale, gira il volto da un lato, poi giace, immobile.

«No!» Pietra appoggia un orecchio sul petto dell'amica. Seppur flebile, un soffio di vita c'è ancora.

Allora si copre con lo scialle e corre a cercare aiuto. Scendendo le scale, si precipita in direzione dell'apotheca di contrada Sant'Ambrogio. Il mastro speziale è una brava persona e, vendendo veleni quali l'arsenico e il risigallo, di certo saprà come curare l'amica, spera in cuor suo Pietra.

Arrivata sul posto, la donna bussa alla bottega in modo che nessuno all'interno dubiti dell'urgenza.

Lo speziale Antonio da Buzalla sta preparando un medicamento diuretico e antinfiammatorio con l'erba ruggine. Al rumore improvviso, l'uomo smette di trafficare, si fa sulla porta, reggendo una lampada a olio, e invita la donna a entrare.

Pietra gli afferra le mani con forza. « C'è una persona in pericolo di vita. Vi supplico di venire con me, subito. »

« Come volete, se è così urgente come dite. »

Agitato, ma con i movimenti flemmatici dell'uomo d'età, lo speziale si prepara a uscire. Però poi rammenta di aver dimenticato la borsa con i medicamenti e gli strumenti della sua arte. Allora sbuffa, assicurando la giovane che quella maledetta borsa ha vita propria e che si diverte a nascondersi per casa. I due la cercano ansiosamente e infine la trovano sotto un tavolo.

Mentre s'incamminano verso la casa di Adelasia, la trepidazione di Pietra per l'amica cresce e la falcata dell'uomo anziano diminuisce. Allora, con una confidenza dettata dalla fretta, la donna prende lo speziale sottobraccio per aiutarlo a camminare più speditamente. Quando raggiungono la casa, Pietra spalanca l'uscio per far passare lo speziale.

Ma lui non ha neppure bisogno di entrare. « Temo che, in questo stato, non ci sia più nulla che io possa fare. »

Interdetta, Pietra guarda all'interno della stanza. Quello che vede la fa precipitare nell'orrore.

Adelasia giace sul pavimento in uno stagno di sangue, con il corpo e la testa devastati.

È stata lapidata, proprio come le altre sfortunate donne prima di lei.

Pallida, con la testa che gira, Pietra si accascia a terra. Antonio da Buzalla si gratta la testa e s'interroga su cosa possa essere successo. Non ha mai visto un omicidio così scellerato e malvagio.

Pietra sbatte gli occhi e cerca di riprendersi. In un lampo, comprende che il veleno ha simulato l'approssimarsi della morte ma, al momento dell'uccisione, Adelasia era di certo cosciente, giacché capisse che stava affrontando la fine. « Vi prego, avvisate dell'uccisione il Bargello e lo stampatore Giuseppe Pavoni », mormora Pietra.

Raccogliendo le forze rimaste, l'uomo anziano si precipita in strada, strillando.

Rimasta sola nella stanza, Pietra, determinata e fredda, afferra l'ascia che doveva servire come arma per difendersi dal carnefice sconosciuto, e trancia di netto il pollice di Adelasia, intaccando nel colpo un'asse del pavimento. Poi avvolge il dito mozzato nel fazzoletto e lo nasconde nella tasca interna del vestito scuro.

Infine, con un senso di nausea, prende la bacchetta da rabdomante che l'assassino ha posto in grembo al cadavere e, con furore, la scaglia contro una parete.

Il primo ad arrivare sul luogo del delitto è un birro

dalla pancia prominente. È già molto se arriva ad acciuffare non i delinquenti, ma le proprie scarpe per infilarle. Subito dietro di lui c'è Giuseppe Pavoni, che stringe a sé Pietra per farle distogliere lo sguardo dal corpo straziato dell'amica.

Lo speziale ritorna, ma non è solo. Ha condotto con sé il Bargello e i soldati della scorta.

Il capo delle guardie è l'unico che nota la forcella da rabdomante nell'angolo della stanza e la raccoglie per mostrarla a Pietra con fare accusatore. « Tu! O sei l'assassina o sei una complice. Non obbligarmi a farti parlare con i tratti di corda al cavalletto, come si fa con le streghe. Benché la cosa non mi dispiacerebbe, come immagini. Dimmi ciò che sai. »

« Lei non ha colpe », interviene Giuseppe. « Sentite, voi... »

Pietra si discosta dall'uomo, perché prova fastidio a essere difesa; poi, con un cenno, gli chiede di tacere. Infine avanza di un passo verso il Bargello. « Io ho conservato un oggetto in casa mia, un oggetto caduto all'assassino durante uno dei suoi omicidi e che ne rivela l'identità senza dubbi di sorta. Non chiedetemi altro. Domattina ve lo porterò e vi racconterò l'intera storia. »

Sbalordito, il Bargello resta in silenzio, poi ordina alla scorta di seguirlo fuori di lì e al birro con la pancia prominente di occuparsi del cadavere. Con un'ultima, insistita occhiata alla giovane, le fa comprendere che si aspetta che mantenga ciò che ha promesso, altrimenti gliela farà pagare con il dolore.

Dopo qualche istante, anche Pietra e Giuseppe lasciano la casa di Adelasia.

Infilando le mani nelle maniche opposte, Pietra si protegge dal freddo della notte. Per il gelo che sente nell'anima, non c'è rimedio.

Giuseppe insiste perché si lasci accompagnare, ma la ragazza vuole restare sola. Sbrigativa, si accomiata dall'uomo e va per la sua strada.

Non ha tempo per compatirsi. È arrivato il momento che il coniglio cominci a mordere se vuole vivere.

XXXVIII

Nella casa giunge l'eco dell'ultimo rintocco della campana, che poi avrà il diritto di riposarsi fino al mattino.

La nonna di Pietra si aggira nella stanza, in preda a un'ansia implacabile. Pur non sapendo nulla delle vicende che coinvolgono la nipote, percepisce che un pericolo grava su di loro.

Pietra è seduta sui talloni e cerca di rimanere calma, respirando a fondo, sperando che la notizia secondo cui lei è in possesso di un oggetto che identifica l'assassino sia arrivata fino a lui. È convinta che il responsabile di tanta sofferenza verrà da lei per distruggere la cosa che lo possa smascherare, pur non sapendo di che si tratta. Per quanto accorto e abile, l'assassino non può escludere d'aver commesso un errore.

Pietra ripensa alle compagne morte. Non riesce a fare a meno di paragonare i loro volti di bimbe con quelli devastati dal demone.

Come un animale che avverte il vento di libeccio ben prima che inizi a soffiare, la nonna si ferma e drizza il collo. La nipote se ne avvede. Sa cosa significa. Scatta in piedi e spegne il lume. Vigliacco, un refolo di fumo bianco fugge dallo stoppino.

Un'ombra danza tra la luce del vicolo e la fessura in basso della porta.

Dopo un istante, con un colpo secco, la serratura è divelta e il battente si spalanca.

Un essere massiccio entra nella stanza, possente e silenzioso.

Per difendere la nipote, la nonna si scaglia senza esitazione né speranza contro l'intruso ed è subito colpita da un pugno in faccia. Dopo aver fatto un giro su se stessa, stramazza sul pavimento.

« Nonna! » urla Pietra e si lancia verso di lei per soccorrerla.

L'ombra si frappone tra le due donne.

Dalla corporatura e dai movimenti dell'aggressore, Pietra capisce che non è chi si aspettava. Di certo non è l'individuo che ha affrontato nella bottega del mastro vetraio.

L'ombra non si muove. Svelta, la ragazza ne approfitta per riaccendere la candela che aveva appena spento, così da vedere in faccia l'intruso.

È un uomo che non conosce. Ha braccia muscolose, occhi cattivi e vicini. Lei ignora che il suo nome è Marcus.

L'uomo si sistema con cura dei giri di corda sulle nocche e ne saggia la durezza. Pietra sa che quella è una protezione che i lottatori usano per non ferirsi e per rendere più devastanti i loro pugni.

Un flebile lamento la spinge ad abbassare lo sguardo sulla nonna che si muove appena. Il sangue della ferita allo zigomo è lento a uscire; vecchio com'è, non ha gambe buone neppure lui.

L'uomo avanza, tenendo davanti al petto le mani fasciate con le corde.

Pietra intuisce subito che stavolta non basterà assumere un atteggiamento remissivo. Gli occhi malvagi dell'uomo non conoscono la debolezza della compassione.

Dovrà spingersi oltre l'inganno.

Marcus alza una mano chiusa a pugno sopra la testa e poi salta per colpire con tutto il peso del corpo.

Pietra aspetta la percossa senza reagire, dimostrando così d'essere inoffensiva. Il pugno le arriva dritto nella fronte e le fa sbattere la nuca contro la parete alle sue spalle. Non ha bisogno di toccarsi per capire se butta sangue. Un rivolo caldo le solca la guancia e cola nello scollo del vestito.

Sforzandosi di rimanere immobile, apre gli occhi, sbatte le ciglia, abbandona le braccia lungo il corpo e, con rassegnazione, si dona al prossimo colpo dell'uomo.

Incapace di clemenza, Marcus avanza per sferrare un secondo pugno e dimentica la prudenza. Quando le nocche fasciate sono a metà del tragitto letale, Pietra, con una rapidità sorprendente, estrae dalla manica del vestito un pugnale dalla lama sottile e dal manico sicuro e lo pianta nel fianco muscoloso dell'aggressore.

Un grido belluino esce dalle labbra dell'uomo, screpolate dal sale. Abituato a veder soffrire gli altri, si stupisce che quel dolore sia il *suo*. Buttando fuori aria dalle narici, prova ad alzare il braccio destro, ma la fitta che gli provoca la profonda ferita lo fa desistere. Allora, in preda a un furore primordiale, alza il braccio sinistro per tornare a colpire.

Pietra approfitta del lato scoperto per ficcare nella gola dell'uomo un secondo pugnale, identico al primo.

L'altro vorrebbe portarsi le dita alla gola per saggiare la ferita, ma i giri di corda che gli serrano le mani non glielo permettono. Con gesti spasmodici, si strappa le funi dalle nocche.

Ora che le dita sono libere, riesce a capire lo scempio nella sua carne.

La ragazza afferra da sotto un cuscino del letto un coltellaccio da macellaio, quello usato per tranciare le ossa dei buoi, ma decide che non finirà il suo aggressore. Vuole lasciarlo morire lentamente, in modo che soffra per il male che di certo ha fatto nella vita un uomo della sua specie.

Marcus si cava con rabbia i pugnali infissi nel corpo e cade in ginocchio. La saliva che gli cola sul mento è mischiata a grumi neri. Si straccia di dosso la camicia, restando a torso nudo, si abbraccia per le spalle, gonfia i bicipiti per l'ultima volta e muore, cadendo a terra di schiena. Una macchia scura si spande sotto il suo corpo.

Ora che ha il petto dell'uomo bene in vista, Pietra vede il tatuaggio della Madonna e del Bambino incoronati.

« Solo la Madonna ti può aiutare. »

La ragazza osserva a lungo il volto dai lineamenti infantili di Marcus. Poi, a due dita dal muso che puzza di rinfrescume, gli sussurra: « Pietra è il mio nome ».

Quindi si precipita a soccorrere la nonna tramortita, sollevandola per le reni ossute. Respira ancora.

« Perdonami », la implora, pur sapendo che non può sentirla.

Pietra si lascia andare a un sospiro dolente perché sa che non è finita.

XXXIX

Nel carruggio dove si trova la casa di Pietra, un mendicante traina un carretto sbilenco con i suoi miseri averi e canta con una voce roca ma melodiosa che mette tristezza in chi ascolta. L'uomo si toglie velocemente dalla strada al passaggio di Giacomo Basso e delle guardie. I birri del Doge Agostino Doria fendono la folla assiepata all'ingresso dell'abitazione.

Entrato nella stanza, il Bargello vede la giovane che assiste la nonna sdraiata nel letto, mentre riceve le cure di Antonio da Buzalla. Lo speziale conficca l'ago nella pelle raggrinzita e ispessita della vecchia e fa passare gugliate di filo per cucire la ferita allo zigomo. La nonna si lamenta, ma rifiuta l'offerta di mordere il legno di una forcella per contrastare il dolore.

Dopo pochi punti di sutura, sviene. Pietra le tiene premuta una pezzuola umida sull'occhio tumefatto.

Lì accanto, giace Marcus, privo di vita. La sua possanza incute timore, tanto che nessuno osa avvicinarsi alla salma. Chi tra i presenti lo riconosce gli sta ancora più alla larga. Fa paura anche da morto.

Il Bargello è un uomo d'azione e non ha cortesia da

spendere. Solleva Pietra afferrandola per un braccio e sibila: « Hai molte cose da spiegare, Tunisina ». Quindi porta la donna in un angolo e la costringe a sedersi sullo sgabello. Lui rimane in piedi per sovrastarla. « Chi è stato a uccidere quest'uomo? »

« Io, signore. Per difendere il mio onore. »

« Ti consiglio di non deridermi. Come puoi aver avuto la meglio su un sacramento come Marcus? Io lo conoscevo bene e non ho mai visto nessuno tenergli testa... » Anche le guardie al seguito annuiscono, come per biasimare la bugiarda. Giacomo prosegue: « Voglio sapere come stanno davvero le cose e non te lo ripeterò. È questo rematore di buonavoglia l'uccisore delle donne, secondo te? »

« No, signore. Non credo sia lui », risponde Pietra con uno sforzo.

« E allora spiegami cosa ci fa, morto, in casa tua, strega, e perché è venuto. »

Sconsolata per non avere argomenti concreti da offire, decisa a non infangare la memoria di donne che hanno pagato con la vita un errore commesso quand'erano bambine, certa che nessuno le crederebbe, Pietra tace.

« Allora consegnami come promesso l'oggetto che identifica l'assassino. »

Pietra avverte già nelle orecchie il fragore che seguirà la sua replica. « Non c'è nessun oggetto. »

« Come? »

« Ho detto di averlo, nella speranza di attirare in trappola l'omicida, con la presunzione di sconfiggerlo da sola. »

Giacomo Basso e i suoi birri inveiscono contro di lei come un branco di scimmie.

Il capo delle guardie la strattona per la tela dell'abito. « Hai mentito a me, al Bargello del Doge. Come hai osato? Pagherai questo affronto con la tortura e la forca. »

Pietra si lascia strapazzare come un cencio. Ma il Bargello ha un'altra domanda impellente: « Se volevi attirare qui l'assassino e se l'assassino non è Marcus, che rapporto c'è tra i due? Questo almeno sai dirlo? »

« Forse Marcus è solo un sicario. »

« E perché l'assassino delle altre donne non poteva uccidere te? Che bisogno c'era di affidare il compito a un altro? Parla, in nome di Cristo. » Il Bargello assesta due schiaffi sull'occipite della ragazza, che li incassa senza dargli la soddisfazione di un grido o una lacrima. Allora, frustrato, solleva in piedi Pietra, tirandola per il vestito che si lacera, scoprendole una spalla, e alza il braccio per percuoterla di nuovo.

Ma in quell'istante entra nella stanza Giuseppe Pavoni. « Lasciatela stare, birro maledetto. »

« Come... »

Lo stampatore si scaglia contro il Bargello, prendendolo per la vita, e i due finiscono a ruzzolare insieme sul pavimento. Pavoni si alza per primo e solleva il Bargello, afferrandolo per la giubba all'altezza del petto. I due si guardano in cagnesco, ma non vanno oltre. I soldati sguainano le spade, poi si fermano, aspettando l'evolversi della situazione.

Giacomo Basso si pulisce il vestito rosa con il dorso della mano e si rivolge a Giuseppe con una malizia cattiva nella voce. « Pavoni, cosa c'entrate voi in questa faccenda? Siete dunque complice di questa negromante? Perché prendete le difese della Tunisina? È la vostra puttana? »

« Lei è una delle vittime. Non è di certo il carnefice. »

Il Bargello squadra Pietra e il suo salvatore. Poi, con un ordine stanco, dice ai soldati: « Legate i due per i polsi e conduceteli nel carcere della Torre Grimaldina, per interrogarli come si conviene ».

Giuseppe si rassegna a essere portato via e porge le braccia ai ceppi. Pietra sembra fare altrettanto, ma poi spicca un balzo e carica i soldati con la spalla nuda protesa in avanti.

Presi alla sprovvista, i birri rovinano per terra e la donna guadagna l'uscita.

Il Bargello sbraita, rabbioso: « Non fatela scappare, idioti! »

I birri si precipitano in strada, ma non c'è traccia della fuggiasca. Non capiscono neppure da che parte sia andata. Allora si dividono in due gruppi e vanno in direzioni opposte.

Il Bargello ordina che sia dato l'allarme e manda a cercare rinforzi per organizzare una caccia alla Tunisina per tutta Genova, offrendo una ricompensa a chi la trova.

⁂ ⁂ ⁂

Correndo come non ha mai fatto, Pietra urta un venditore di pentole. I contenitori di metallo cadono a terra e rotolano nel vicolo. Alcuni passanti aiutano a recuperare le pentole, altri le fanno sparire. Pietra non ha tempo di scusarsi e fila via, con le maledizioni del venditore che la inseguono. Un garzone piccolo di statura, che trasporta sulla schiena un quarto di bue, ha l'accortezza di togliersi appena in tempo dal tragitto della giovane. Un pastore cerca di tenere unito un piccolo gregge di pecore ed esige tutto il carruggio per sé. La fuggiasca è costretta a fermarsi nell'androne di un palazzo striato di marmi bianchi e neri per lasciarlo passare.

Nell'attesa di continuare la corsa, Pietra si guarda intorno, per assicurarsi di non essere seguita.

A metà del vicolo, sbucano due guardie. La ragazza si accuccia, striscia al fianco del gregge e cerca di approfittare della copertura delle bestie per nascondersi. Quando controlla la posizione dei birri, si accorge che stanno venendo dalla sua parte. Allora, sperando di non essere vista, fugge, alzando il vestito per andare più in fretta.

Non trovando di meglio, per far perdere le proprie tracce si nasconde nella chiesa di San Siro. Un gelo irreale e il profumo di cera la accolgono al suo ingresso e la scortano fino alla navata, immersa in una nebbia di luce. Dentro la chiesa ci sono parecchie persone, venute ad ammirare una serie di enormi teli blu raffiguranti la Passione di Cristo sistemati in fondo alla chiesa. Pietra sa che la loro funzione è di nascondere alla vista l'altare dall'inizio della Quaresima sino alla messa della Resurrezione.

Pietra aspetta lì per qualche istante, scaldandosi al tepore delle candele votive. Ma, non potendo perdere altro tempo, si decide a sbirciare la strada da un portale secondario e, non scorgendo birri, pensa che siano ormai lontani ed esce allo scoperto.

Mentre sta cercando di decidere il da farsi, avanza lungo un carruggio e, per caso, alza gli occhi.

Il terrore la travolge.

All'interno di un'edicola in punta a vico del Rosario, c'è una statuetta marmorea della Madonna, che regge con un solo braccio il Bambino, mentre due angeli, posti ai lati, sembrano esortare i passanti a soffermarsi. Tuttavia non è l'insieme delle figure di marmo dell'edicola mariana a impaurirla: è ciò che Maria tiene in mano.

Una forcella da rabdomante con attaccate minuscole foglie.

Solo la Madonna ti può aiutare.

Convinta che quel particolare suggelli la sua condanna a morte, riprende a correre a perdifiato.

Madida di sudore, si ferma accanto a un trogolo per lavare i panni. Una bimba intenta a sciacquare delle misere pezze la guarda, incuriosita. Pietra le fa cenno di stare zitta e le dà una carezza.

Cerca di calmare l'affanno che la pervade: ripensa alla statuetta e non sa più dire se fosse vera o una visione.

Di certo non se la sente di tornare sui suoi passi per controllare.

Anche perché la paura, la corsa e quella forcella di marmo - reale o immaginata che fosse - nulla hanno potuto contro un pensiero strisciante che la tormenta da un po'. Uno di quei sospetti che si nutrono di piccoli, dolorosi indizi.

XL

Pietra giunge davanti al palazzo dell'archivio della Curia mentre il prete dal naso solcato da venuzze viola e cobalto sta per sbarrare l'imponente portone alla fine di un'estenuante giornata di lavoro.

La donna lo scongiura di farla entrare e, perché non chiuda, mette un piede tra i battenti e sguscia dentro. « È un affare d'importanza vitale, vi scongiuro. »

« Per oggi è abbastanza. Tornate domani. Via, via. » È abituato a sentirsi ripetere frasi di quel tipo mille volte al giorno e non dà importanza alle preghiere della donna.

Allora Pietra posa sul bancone la moneta d'argento che le ha dato il Doge.

« Io sono un uomo di Chiesa », sbotta il prete. « Ho fatto voto di povertà e rifuggo dal denaro, escremento del diavolo. » E scaccia la visitatrice molesta a spintoni.

Pietra non si rassegna. « Un uomo come voi, con la vostra esperienza, deve averne viste tante », lo blandisce. « Chissà quante cose straordinarie hanno colmato la vostra vita. Mi piacerebbe sentirvene raccontare almeno qualcuna.»

Come tutti i vecchi, il prete non sa resistere alla possibilità di nutrire giovani orecchie con le sue chiacchiere. Borbottando, la fa rientrare e accosta il portone della sala dell'archivio, per timore che arrivino altri seccatori.

Per qualche minuto, Pietra fa del suo meglio per inventarsi domande da fare al prete: che mansioni svolge? Come ha sentito la vocazione? Di dov'è la sua famiglia? Quali uomini importanti ha conosciuto?... Inoltre, per essere ancora più convincente, finge che le risposte siano così interessanti da averle fatto dimenticare il motivo della venuta e si accomiata. «Si è fatto tardi, ora devo proprio andare. Grazie per i bei ricordi che avete avuto la compiacenza di condividere con me.» E accenna ad andarsene, sperando che il suo piccolo raggiro vada a compimento.

Dimostrando almeno un po' di gratitudine, il religioso la ferma e le chiede: «È davvero una cosa così importante che vi ha condotto qui a quest'ora? In cosa posso esservi utile?» E, mentre attende la risposta, comincia a pulire il pavimento con un panno sudicio.

Pietra sorride, grata. «Vorrei vedere gli incartamenti che riguardano il convento delle Piccole Sventurate del Signore di Albaro, ora in abbandono, dove io stessa sono stata rinchiusa fino all'età di otto anni.»

« E per quale balzano intento vi serve questa informazione proprio stanotte? »

« Vorrei riabbracciare alcune delle trovatelle che hanno condiviso con me quei tristi momenti. Devo partire e non avrò altra occasione. V'imploro, eccellenza. »

Rabbonito, il prete assicura che troverà subito la raccolta di documenti, poiché rammenta che, pochi giorni prima, anche il segretario del vescovo aveva voluto esaminarla. Poi si ferma e sembra riflettere.

Pietra spera che l'uomo non abbia colto la coincidenza e non s'insospettisca.

Per fortuna il prete non dice nulla. Si limita a sparire dietro una fila di scaffali, per tornare poco dopo reggendo un grosso volume. Poi, non ancora appagato, riprende a sciorinare rimembranze noiose e senza nerbo.

Pietra finge d'ascoltarlo, ma intanto sfoglia febbrilmente il libro.

E si accorge subito che, in quelle pagine, c'è molto più della scarna lista di nomi che il segretario le ha consegnato.

Ci sono anche brevi note in cui si certifica l'arrivo di ogni orfana, riportando date, nomi e, se vi sono, fatti inerenti all'affido al convento.

Il primo nome che Pietra vede sul registro è il proprio.

Nel succinto resoconto, stilato in una grafia sottile, legge:

È stata trovata nella ruota degli esposti con nient'altro addosso se non la pelle, e una catenina d'oro con un cammeo mariano di buona fattura di cui non si sa più nulla. Sparito.

Toccando il cammeo che porta al collo, Pietra ripensa alla custode rimasta nel convento. Non è poi così pazza se le ha restituito la collana che probabilmente lei stessa le aveva sottratto al suo arrivo nell'orfanotrofio. D'ora in poi, il volto di sua madre avrà le sembianze della Madonna con il naso un po' storto raffigurata nel monile che indossa.

Non indugia oltre. Sotto i suoi occhi, scorrono nomi che lei aveva scordato, ma che ora le rivelano altri volti di bimbe che il tempo non ha sbiadito.

In un foglio a metà del volume, trova il nome di Nora. È annotato a chiare lettere che la bambina era stata portata in convento dopo che i genitori erano morti di peste. Le era stato assegnato un cognome da orfana: Buonsignore.

Ma poi, subito sotto, Pietra legge qualcosa che la colpisce allo stomaco più forte di un calcio di mulo.

Si piega in due e boccheggia, aggrappandosi al bancone.

Il prete non si accorge di nulla, impegnato com'è a

pisciarsi addosso parole. Non appena ne ha la forza, Pietra striscia rasente alla parete fino a raggiungere il portone della sala dell'archivio ed esce in strada.

Sbigottito per la fuga repentina, ma rallentato dagli acciacchi dell'età, il prete si precipita all'uscio, ma la donna non si vede più. E, con lei, è scomparsa pure la moneta d'argento che gli era stata promessa. Furibondo, l'uomo torna nell'archivio, imprecando in latino.

Pietra corre senza fermarsi fino al muro di cinta di una casa signorile. Dopo essersi guardata in giro, prende la rincorsa e, slanciando una gamba verso il cielo, riesce a mettere un tallone in cima al muro. Chiamando a sé le energie residue, si issa sulla sommità, poi si lascia cadere dall'altra parte.

Si ritrova in un piccolo giardino in cui erbacce e rampicanti la fanno da padroni. Alcuni alberi striminziti rendono ancora più tetra l'atmosfera. Un pozzo coperto da una massiccia grata di ferro che sta al centro dell'esiguo spazio attira la sua attenzione.

Scostando i rami di un ulivo, raggiunge la porta per accedere all'interno della casa. La serratura è vecchia e cede già alla seconda spinta. Pietra perlustra l'appartamento e non trova anima viva, così si mette a frugare ovunque. Poi torna all'aperto con un piano in mente.

Ora che sta calando la notte, Pietra non vorrebbe trovarsi in nessun altro posto.

Anche se la prossima vittima del demone assassino è lei, l'unica ancora viva.

Ma lei ora è pronta.

XLI

Il vento di traverso che viene giù dalle montagne porta con sé una pioggia battente che bagna giusti e ingiusti.

Fradicio, Giuseppe Pavoni varca la soglia di casa che sta proprio accanto alla tipografia, appena chiusa.

Mentre si toglie di dosso il pastrano che cola acqua, avverte una presenza in un angolo della stanza illuminata dalla luce di un candelabro a tre steli, orbo di una fiammella. Nella penombra, scorge una sagoma indistinta seduta sulla poltrona.

Pietra lo stava aspettando con trepidazione. Da quanto tempo, la donna non saprebbe dirlo.

I due si abbracciano forte e si baciano con passione.

Quando l'uomo vorrebbe separarsi, lei lo tiene ancora avvinto a sé per un istante infinito, come se quello fosse un addio.

« Non vedevo l'ora. Finalmente », mormora Pietra.

« Ci vuole qualcosa per scacciare il freddo nelle ossa », dice Giuseppe, e si scosta da lei per prendere dal mobile intarsiato una bottiglia di distillato di ginepro. Poi si accorge che Pietra ha l'aria affranta e crede di conoscerne il motivo. «Hai fatto male a fuggire dal Bargello. Così penserà che sei colpevole o in combutta con l'assassino.»

La donna gli si rivolge con una voce vellutata che a lui pare di supplica. «Se i birri ti hanno rilasciato vuol dire che sono stati soddisfatti di quello che gli hai raccontato.»

«Non devi preoccuparti. Non ho detto nulla della storia delle orfane, né dei tuoi sospetti sull'assassino, nonostante mi abbiano interrogato a lungo.» Dando la schiena alla donna, riempie al colmo due bicchierini di cristallo che portano incisi dei limoni. Poi si gira.

Pietra è in piedi e ha due oggetti in mano.

L'uomo lascia cadere i bicchieri, che sembrano fare a gara a chi si rompe in più pezzi.

La donna regge due corde lunghe ciascuna un braccio, fissate a un'impugnatura e alla cui sommità è legata una pietra, simile al pugno di un uomo. In silenzio, lascia scivolare le corde che si adagiano sul tappeto berbero dal pelo lungo.

Ora che non è più costretto a fingere, il volto dell'uomo si contrae in un ghigno e le parole gli escono cattive: «Come hai fatto a trovare le mie armi?»

La donna prende da dietro la schiena la forcella e la agita sotto il mento del tipografo. «Dimentichi che sono una rabdomante.» Poi, per spregio, spezza lo strumento e glielo scaglia contro.

«Poco importa, Pietra. Venendo qui da me, mi

hai reso tutto più facile. Non uscirai viva da questa stanza.»

Eppure, nonostante la minaccia, Giuseppe non fa nulla, rimane in un'immobile attesa.

Pietra capisce la sua titubanza. «Non mi ammazzi subito perché sei curioso. Vuoi sapere dove hai sbagliato e come ho fatto a sospettare di te. Dico bene?»

«È così, infatti.»

Pietra si risiede nella poltrona, mentre l'uomo ruota una sedia e si accomoda appoggiando i gomiti sulla spalliera. La donna trova sia un gesto volgare che non gli si addice.

La giovane parla sottovoce, perché quello che ha da dire è un segreto terribile che deve rimanere chiuso tra quelle quattro mura. Se così non fosse, pensa, scatenerebbe una forza demoniaca capace di altre morti e altro dolore. «Ho sospettato per la prima volta di te quando ho posato la mano sulla tua spalla, la notte in cui sei stato in agguato nella botte, di fronte alla casa di Adelasia. Ho avuto una sensazione strana che ho compreso solo in seguito. Il tuo corpo era caldo, quasi sudato, e non freddo come avrebbe dovuto essere dopo una notte trascorsa all'addiaccio. Mi avevi assicurato di non esserti mosso. Evidentemente mentivi.»

Lo stampatore sorride con sufficienza. Pietra lo fissa negli occhi e continua a parlare, mentre una grossa vena azzurra le si gonfia tra tempia e fronte, a tradire lo sforzo che sta compiendo per restare calma. « Così ho ripassato a mente ogni frase che ci siamo detti. E ho rammentato che, quando ti avevo rivelato che Adelasia sarebbe stata la prossima vittima, mi avevi chiesto del madonnaro. Però io non ti avevo mai parlato di lui. Come facevi a sapere della sua esistenza? Mi è venuto il sospetto che tu stesso fossi il madonnaro. Ora ho trovato la risposta. » Solleva dal pavimento un sacchetto polveroso e ne rovescia il contenuto sul tavolo: gessi da disegno colorati, gessi da madonnaro.

Giuseppe è furioso per averla sottovalutata, ma cerca di dissimulare. « Vedo che hai rovistato ovunque », commenta con acredine. « Hai mica scovato anche un paio di brache a righe rosse che non trovo più? »

Pietra non sorride alla celia venuta male e prosegue: « No. Ma ho trovato questo ». E getta ai piedi dell'uomo un mantello da cocchiere. « Perché sceglievi questo travestimento? »

« Mi permetteva di nascondere il volto e le pietre senza destare sospetti. E poi c'è un'altra ragione. I cocchieri hanno sempre una meta da raggiungere. Anch'io ce l'ho. La mia è la vendetta. »

« Ah, dimenticavo », dice Pietra, battendosi la fronte in modo ostentato. Prende un libro dall'incavo della poltrona, tra cuscino e bracciolo. È ancora caldo del corpo di lei. Lo apre e mostra il frontespizio: *Oratione nell'incoronatione del Serenissimo Agostino Doria Duce della Republica di Genova.*

La donna scaglia il volume con così tanta rabbia che Giuseppe non riesce a prenderlo al volo né a evitarlo; lo colpisce al labbro di costa e glielo spacca di netto.

« Come vedi, ho portato a termine l'incarico che mi hai affidato. Da quando conosco la tua vera anima, non hai più segreti per me. Hai nascosto il libro tra i volumi della tua biblioteca. Infatti è lì che l'ho trovato. »

Truce, lo stampatore raccoglie il libro da terra.

« Con quale moneta intendi pagarmi per il mio lavoro, Pavoni? »

Giuseppe ignora la domanda. « Ti ho incaricato di cercare questo libro così da avere un pretesto per avvicinarti e controllarti, ma le cose sono andate ancora meglio. Tu stessa mi hai raccontato ogni cosa, spontaneamente. Conoscevo in anticipo ogni tua mossa. Hai addirittura chiesto il mio aiuto per *darmi* la caccia. »

Pietra si rammarica della propria ingenuità e del sentimento che ha provato per quell'uomo, ma non lo confessa. Preferisce continuare nell'elenco degli indizi: « Mi è poi sovvenuto che mi avevi detto di essere orfano. Troppi orfani in una storia sola... »

Dall'espressione dell'uomo, la ragazza comprende di aver colto ancora una volta nel segno.

« Per saperne di più, sono tornata all'archivio della

Curia. Volevo scoprire se avevi un legame con le orfane del mio convento o con Nora.»

Suo malgrado, l'uomo è affascinato dalla ricostruzione di Pietra, e si sente quasi prigioniero nella sua ragnatela. Non l'ha mai vista così bella. «E cos'hai scoperto? Io non...»

«Il tuo cognome è Pavoni. Nora ne aveva un altro che la bollava come orfana, Buonsignore. Ma, si sa, i trovatelli non hanno storia e non ce l'hanno neppure i loro nomi, assegnati e non tramandati.» Si ferma per un istante e poi continua, come se le parole fossero dardi da conficcare nel cuore dell'uomo: «Ho letto le carte dell'orfanotrofio e, nel resoconto che riguarda Nora, c'è scritto che i genitori sono morti di peste e che a portarla al convento, all'età di due anni, è stato un certo Giobatta Pavoni. Aveva messo la piccola nella ruota degli esposti ed era fuggito. Ma una suora l'aveva visto e l'aveva scritto nel documento».

Giuseppe cerca di tenere a freno l'irritazione.

«Probabilmente quell'uomo era un parente che non aveva voglia di crescere una femmina sfortunata e voleva disfarsene in fretta», incalza Pietra. Poi esita. L'ipotesi che sta per formulare è azzardata, lo sa bene. Ma deve provarci. «Grazie a questa informazione, non ci ho messo molto a scoprire l'esistenza di un fratello più grande di Nora di qualche anno.»

Giuseppe cade nel tranello. Alza le spalle. «La famiglia Pavoni di una femmina non sapeva che farsene. Un maschio invece fa sempre comodo.»

Pietra esita di nuovo. Ha avuto ragione la prima volta, però... «E due fanno ancora più comodo, vero? Nora aveva un altro fratello, oltre a te. Quando ho visto quell'energumeno che ha cercato di uccidermi, quel Marcus, sono stata colpita dalla somiglianza con te e con Nora.»

Giuseppe la fissa, stupefatto.

Pietra ha visto ancora giusto.

«Devo ammettere che sono davvero stupito. Sì, eravamo tre fratelli. Io ho vissuto un paio di anni con Nora prima che i nostri genitori morissero e i parenti si sbarazzassero di lei. Ma avevamo un fratello più grande, che si era imbarcato presto. Mia sorella non lo ha mai conosciuto e in casa nessuno parlava di lui. Io ho visto Marcus solo qualche volta, quando ero davvero piccolo. Pensa che il mio unico ricordo di lui è quello di un ragazzo mingherlino che sembrava camminare grazie ai colpi di tosse...»

Senza abbassare la soglia d'attenzione, Pietra continua a parlare in tono pacato, come se quella fosse una semplice conversazione per ingannare il tempo: «Da quello che mi dici, non si può certo sostenere che Marcus non fosse cambiato, da allora».

«Circa due anni e mezzo fa, un colosso d'uomo mi ha sbarrato la strada in piazza Banchi e mi ha stretto in un abbraccio così forte da stritolarmi. Mi ha spiegato chi era e la mia perplessità è stata fugata dalla precisione del suo racconto. Ha detto che era venuto a cercarmi 'per riabbracciare il mio caro fratello, che non ho mai dimenticato'. In realtà, quella dimostrazione d'affetto mirava al mio denaro.» Giuseppe si alza e cammina per la stanza, gesticolando.

Pietra sta all'erta e non perde un solo movimento, temendo che parli per distrarla e aggredirla d'improvviso.

«E io il denaro gliel'ho dato, dopo essermi informato di che razza d'uomo era. Poteva tornarmi utile un individuo senza scrupoli come lui, una bestia dalla malvagità smisurata. Pensa: ho dovuto pagarlo più del miglior mercenario su piazza, perché venisse da te. La vendetta per la morte di nostra sorella Nora a lui non importava.» Pietra muove le labbra per cominciare a parlare, ma Giuseppe la anticipa: «Non che faccia differenza, ma tu morirai per vendicare la morte di Nora, non certo quella di Marcus. Uccidendolo, hai liberato il mondo da un mostro e io sono il primo che ti deve ringraziare».

Un altro dubbio si palesa negli occhi di Pietra. Adesso che Giuseppe le è più vicino, nota di nuovo che le mani dell'uomo non mostrano ferite da taglio. Eppure è certa d'aver colpito l'assassino nella conceria. Il sangue sulla scheggia di specchio lo provava...

Giuseppe fissa la donna, segue il suo sguardo e comprende. Solleva quindi di una spanna la manica destra della camicia e mostra una benda insanguinata intorno all'avambraccio. «Come vedi, mi hai ferito, ma in una posizione facilmente occultabile.»

D'un tratto, l'ululato lontano di un lupo in caccia rammenta a Giuseppe che la notte è ormai iniziata e che la sua preda non ha più molto tempo da vivere.

«Ricordo gli ultimi istanti di vita di Nora», riprende Pietra, abbassando il tono e accompagnando le parole con gesti più ampi, quasi fossero formule magiche. «Mi è sovvenuto che la poveretta stringeva al petto una borsina di tela, da cui non voleva separarsi neppure a costo della vita. Solo poco fa ho compreso che conteneva un tuo disegno. Ho capito che Nora scappava nel bosco per incontrarsi con suo fratello... con te. Qualche volta tu le regalavi uno schizzo e questo era per lei il tesoro più grande.»

«Se la felicità ha un volto, è senz'altro quello di Nora quando mi vedeva. Le avevo raccomandato di non dire nulla, non solo dei nostri incontri, ma anche della mia esistenza. Temevo che potessero separarci per sempre. A farlo, ci hanno pensato cinque bambine e una vigliacca.» È come se Giuseppe fosse ricacciato indietro nel tempo. Il ricordo è doloroso quanto mai prima.

«Quel maledetto pomeriggio tu sei andato a trovare tua sorella. E le bambine hanno seguito Nora senza sapere quale fosse la sua meta. Tu le hai viste e ti sei nascosto appena in tempo per non essere scorto da loro. Dunque hai assistito alla lapidazione di Nora e poi sei fuggito per paura di fare la sua stessa fine.»

«No, non è così!» grida lui, furente. «Non sono scappato! Me ne sono andato ben prima che la uccidessero. Sono tornato indietro solo quando ho sentito urlare mia sorella. Mi sono precipitato da lei, ma sono arrivato troppo tardi.»

Dalla reazione scomposta dell'uomo, Pietra intuisce che sta mentendo. Il bisogno di vendetta di quest'uomo è inasprito dal rimorso, pensa. Poteva salvare Nora, ma la sua vigliaccheria glielo ha impedito. Aspetta dunque che si cheti prima di proseguire: «La sensazione che quel giorno qualcuno mi stesse alle spalle, mi avesse seguito, mi ha tormentato per giorni e ancora ne serbo nitida la memoria. Mi hai visto mentre assistevo all'uccisione di tua sorella. Io stavo nascosta dietro un cespuglio, ma anche tu».

Giuseppe porta le mani alle orecchie per non sentire oltre.

«Tu sei tanto colpevole dell'uccisione di Nora quanto lo sono le sue compagne», prosegue lei, perfida. «Non è assassina solo la mano che tira il sasso, ma anche colui il quale non fa nulla per fermare quella mano, vero? E adesso, insieme con me, vuoi uccidere anche la tua colpa.»

«Taci, maledetta!»

Pietra non si trattiene: «Perché hai deciso di vendicarti solo ora, dopo tutto questo tempo?»

«Ho appreso della tua permanenza sull'isola di Tabarka qualche anno fa», risponde Giuseppe, cercando di reprimere la rabbia. «E ho sperato che, un giorno, saresti tornata a Genova. Ma non succedeva e, allora, ho... forzato gli eventi.» Storce la bocca in un ghigno che somiglia vagamente a un sorriso di perfidia. «Grazie a Marcus ho assoldato i tunisini che hanno ucciso tuo padre e tua madre. Immaginavo che, senza di loro, avresti lasciato l'isola. E così è stato. Mi hanno detto che sono morti da gente inutile, strisciando nel sangue e implorando pietà.»

«E le persone trucidate con loro erano dunque...»

«... solo un diversivo per sviare eventuali sospetti, sì.»

Pietra sa che Giuseppe le ha confessato quella strage perché la sua mente sia offuscata dall'ira. Lei invece s'impone di restare fredda e impassibile. L'onore di troppi morti dipende da lei e non può tradirli.

«Quando ho saputo del tuo ritorno, ho messo in atto la vendetta, pianificata da anni. Sfruttando la mia abilità nel disegno, ho escogitato l'espediente del madonnaro. Dovevi sapere chi avevo intenzione di uccidere, per farti partecipare impotente alla loro morte, come avevi assistito senza far nulla all'omicidio di Nora.»

Giuseppe si avvicina a Pietra con movimenti lenti e misurati, per farle capire che, almeno per il momento, non intende farle del male. Giunto davanti a lei, si china per raccogliere le pietre legate con la corda. «Non trovi che siano geniali, questi strumenti di morte? Grazie alla mia invenzione, ho lapidato le carnefici di mia sorella. Quelle donne sono morte proprio com'è morta lei. E la stessa cosa succederà a te.»

Il volto dell'uomo si trasfigura. Le sopracciglia s'inarcano, le labbra si assottigliano e gli angoli puntano in basso, le palpebre si riducono a due fessure e il bianco dell'iride sparisce. Rughe profonde gli squarciano la fronte e le gote. Le mani si serrano convulsamente intorno ai manici di legno che reggono le corde intrecciate con le pietre.

Giuseppe è diventato l'assassino di orfane, il cocchiere.

Pietra si raggomitola nella poltrona con la testa tra le ginocchia e lo sguardo miserevole di una gatta cieca. Incurva le spalle per sembrare più gracile e tiene le mani bene in vista.

L'uomo scoppia in una risata di scherno. «Non m'incanti, donna. Ho ben visto di cosa sei capace. Con quell'aria indifesa da animale in agonia hai persino ingannato e ucciso un malacarne come Marcus.»

Seppur smascherata, Pietra non cambia atteggiamento e rimane in silenzio.

«Credevi che fossi così ingenuo da cadere nel tuo tranello? Che fossi così sbadato da aver lasciato qualcosa che mi identificasse sulla scena di uno dei delitti?» Sorride, amaro. «Però sei riuscita a piantare in me il seme del dubbio, non posso negarlo. Così, per non correre rischi, ho mandato mio fratello a controllare, chiedendogli che ti portasse qui da me, in modo che pure tu finalmente potessi assaggiare i miei sassi ubbidienti. »

Pietra rintana ancora di più la testa tra le ginocchia raccolte.

« In ogni modo, ora sei qui. Questo è l'ultimo mio atto come assassino. Poi il cocchiere sparirà per sempre e rimarrà solo l'integerrimo e stimato stampatore Giuseppe Pavoni. »

Pietra non riesce a impedirsi di tremare.

L'uomo rotea il polso e indirizza la corda con il sasso verso il volto della donna. Pietra sposta il busto di lato, ma non è sufficiente. In un lungo istante, sente la cartilagine del setto nasale piegarsi e la pietra graffiare a sangue la carne.

L'assassino mulina e incrocia in aria le armi con maestria, ma lei non si fa distrarre dal vorticare delle pietre. Si alza e arretra, guardando l'assassino dritto nelle pupille, per percepirne il movimento che anticipa di un lampo l'azione.

Una differente intensità nello sguardo, e i sassi sono scagliati verso le tempie della vittima. Pietra si abbassa e scansa il primo, ma il secondo la coglie di striscio. Un ronzio nel cervello, conseguenza della botta, le impedisce di ragionare. Barcollando, arretra ancora e scrolla la testa per scacciare il fastidio, ma il dolore rimane.

I sassi riprendono a ruotare. Pietra si lascia cadere all'indietro con un balzo scomposto, emettendo un verso gutturale. Il sasso le centra il ginocchio destro e una fitta le risale la gamba fino all'inguine. Attutito dal vestito svolazzante, il colpo successivo s'infrange sulla coscia senza procurarle troppo danno.

L'uomo gode per la sua posizione di preminenza. «La tua irragionevole ostinazione a non arrenderti aumenta il piacere», sibila.

Trascinandosi su un piede solo, Pietra esce dalla stanza e spalanca le porte che trova, procedendo all'indietro, con l'intenzione di farsi seguire. L'assassino sa che la ragazza non ha scampo e si prende del tempo. Continuando in quella direzione, Pietra finirà nel giardino interno della casa, che non ha sbocchi. Lui si sente in caccia e la sensazione di potere che ha sulla preda lo inebria. Solo una cosa lo irrita: vorrebbe sentire la vittima implorarlo. Pietra non gli dà questa soddisfazione.

La donna prende a spallate l'ultima porta, che non vuole saperne di cedere. Quando l'assassino è a pochi passi, con un rantolo sofferente, Pietra raduna le forze e va all'assalto del battente, che infine cede di schianto, uscendo dal cardine superiore.

L'aria fredda che improvvisamente la sferza ha il pregio di farla sentire ancora viva.

Pietra si porta la mano all'orecchio. Poi osserva le dita intrise di sangue e cerca di tamponare la ferita premendoci contro la spalla. Ciò che le importa è d'avere attirato l'assassino all'aperto.

L'uomo inspira forte e gonfia i polmoni, come chi si bea di una bella mangiata in osteria.

Il rumore delle foglie che crepitano sotto le scarpe dell'assassino somiglia al suono dei passi strascinati dei becchini che trasportano un feretro lungo il viale del cimitero.

Una ventata carica di pioggia porta a Pietra l'odore degli alberi smunti di Tabarka. È di certo uno scherzo della sua mente, che cerca ogni pretesto per portarla via da lì.

L'espressione dell'assassino si fa più dura e le sue mascelle si contraggono.

Pietra sa che sta per ucciderla.

L'uomo si avvicina rapidamente, caricando al massimo il braccio. Durante il breve tragitto, osserva la donna remissiva che pare non abbia intenzione di proteggersi. All'ultimo istante, Pietra ruota su se stessa, per ricevere il sasso in piena schiena. Il colpo le mozza il fiato. Con un secondo movimento, all'apparenza inutile, con un coltello sbucato dalle pieghe segrete del vestito, Pietra mena un fendente vicino al tronco dell'albero, ben lontano dal corpo dell'aggressore.

L'uomo è spiazzato da questa mossa insulsa e rimane perplesso. Solo in quell'istante si accorge che il pozzo è scoperto. Qualcuno ha rimosso la grata di ferro.

Una sagoma scura gli si avvicina sulla destra. Non ha il tempo di reagire. La pesante grata appesa a una corda lo colpisce sul capo. Dalla testa scoperchiata erutta, come lava, sangue vivido. Senza un lamento, con lo stupore di un bambino davanti a un mangiafuoco, l'assassino si accascia sul terreno gelato e muore con gli occhi sbarrati.

Lottando per non svenire per il dolore, Pietra osserva la fune cui aveva legato la copertura di ferro del pozzo per poi issarla, occultandola tra i rami dell'albero. Al momento giusto, le è bastato recidere la corda per trovare un alleato capace di uccidere al posto suo.

Zoppicando, la donna si avvicina al cocchiere e gli sussurra: « Pietra è il mio nome ».

Poi, vinta dalla fatica e dalle ferite, si siede per terra, con le spalle al pozzo. E piange.

Dopo un lungo istante, appoggiando la schiena ai mattoni per aiutarsi, si rimette in piedi e afferra il cadavere per i piedi.

Ha ancora molto lavoro da fare.

XLII

Genova,
8 marzo 1601

L'androne di Palazzo Ducale fa sfoggio del suo pallore, simile a quello di un nobile che non ha bisogno di lavorare per vivere.

Un raggio di sole penetra dalla vetrata sulla volta sovrastante e un gruppo di uomini chiacchiera amabilmente nel suo tepore. Tra loro si distingue Giacomo Basso, come sempre in abiti rosa pallido.

L'urlo di una guardia precede Pietra, che avanza cercando di camminare dritta nonostante le contusioni.

Quando la donna è al suo cospetto, il Bargello sguaina la spada e gliela punta alla gola. I presenti sono certi che stia per sgozzarla all'istante.

Invece il Bargello si rivolge alla donna con disprezzo, come se volesse ferirla prima con le parole. «Sei venuta a consegnarti? Sappi che ciò non m'impedirà di punirti come meriti per essere fuggita. Capito, Tunisina?»

Come risposta alla lama, Pietra estrae la bacchetta da rabdomante. Sembra l'inizio di un duello impari.

« Con la forcella e il potere che Iddio mi ha dato, vi consegnerò l'assassino delle cinque donne », afferma, con aria sfrontata e con voce sicura. « Vi basterà seguirmi. »

Il Bargello temporeggia, incerto se sia il caso di dar seguito a quella che ritiene una buffonata. Infine la curiosità ha la meglio. L'uomo vuole vedere fin dove lo condurrà quell'assurda vicenda di morte. Rinfodera l'arma, si liscia la barba e sibila: « Prega che non sia un viaggio a vuoto oppure saprò aggiungere sofferenza oltre a quella che già ti spetta ».

Anche gli altri birri manifestano la volontà di seguire la donna. Non vogliono perdersi il privilegio di vedere una strega all'opera o, nel migliore dei casi, il Bargello coprirsi di ridicolo.

Pietra chiude gli occhi e si concentra, accarezzando il legno della forcella. Con una vibrazione, lo strumento punta in direzione del colonnato e da lì verso la cattedrale di San Lorenzo. Ma è solo l'inizio. Guidata dallo strumento, la donna percorre carruggi e piazzette, attraversando mezza città.

Chiunque veda la rabdomante pedinata dal nugolo di birri e dal Bargello in persona si accoda, ingrossando le file di quella balzana processione.

In breve, la schiera di gente che segue Pietra è così ben nutrita da occupare un vicolo in larghezza. Il vociare della folla si fa onda che s'infrange e copre ogni altro suono. Un seminarista un po' tocco, che si è unito al corteo, canta un inno sacro a sproposito e la gente ride.

Giacomo Basso è irritato perché pensa che sghignazzino di lui, credendolo un boccalone che va appresso a un pezzo di legno e a una tunisina.

Un'oca sfuggita alla padrona si getta tra le gambe di Pietra, che la scaccia con una pedata. Starnazzando, l'animale torna da dove è venuto. La bacchetta dà vibrazioni più frequenti e sostenute. Assoggettata al suo volere, la donna continua a procedere a testa alta.

Poi, con uno scarto improvviso, si ferma davanti a un muro di cinta. Lo strumento nelle sue mani pare impazzito.

Vedendo che la processione si è infranta contro un insignificante muro, la gente prende a canzonare la donna. Lo scherno di qualcuno arriva persino a farla bersaglio di pietrisco e sputi.

Pietra li ignora, si volta e parla al Bargello: « L'assassino delle cinque donne è dietro questo muro. La mia bacchetta l'ha individuato per certo ».

Con l'autorità che gli è concessa dal Doge, l'uomo ordina che la folla sia dispersa. Gli astanti ubbidiscono di malavoglia ai birri perché pensano sia negato loro un divertimento legittimo.

Il capo delle guardie della Repubblica chiede a

una donnetta affacciata a una finestra del palazzo di fronte come si raggiunga l'ingresso della casa oltre il muro.

Ottenuta l'informazione, costeggiando il perimetro esterno della proprietà, il Bargello, Pietra e i birri raggiungono l'entrata principale. Dopo aver bussato senza esito, il più robusto dei birri sfonda la porta con un calcio e poi cede il passo al superiore e alla donna.

Attraversando l'intero appartamento, e non trovando anima viva, su indicazione della forcella della rabdomante, Giacomo Basso si porta nel giardino, delimitato dal muro esterno che ha visto poc'anzi.

Nessuno.

Il Bargello guarda Pietra. D'istinto la donna vorrebbe indicare con il dito proteso il luogo dove si trova il corpo dell'assassino, ma pensa che ora più che mai sia più prudente lasciare il merito al pezzo di legno che impugna.

La punta della forcella freme, indicando il pozzo al centro del giardino. I soldati si affacciano al bordo e vedono un uomo appeso per la gola che penzola a un braccio di distanza dal fondo melmoso. Pare che l'impiccato li stia guardando a occhi sbarrati.

Il Bargello fa cenno di tirarlo su.

Recuperando il peso con la carrucola del pozzo, i birri portano in superficie il cadavere. Tutti riconoscono lo stampatore Giuseppe Pavoni, ma lasciano che sia il Bargello a dar voce ad alcune delle mille domande che si affollano nella loro mente: « Come possiamo essere sicuri che quest'uomo, reputato dabbene, sia davvero l'assassino delle donne? Non era il tuo amante, donna? Quali sono le prove con cui lo accusi? »

Pietra risponde con spavalderia, come chi ha estratto dal mazzo carte sicure: « Io non accuso nessuno. È la bacchetta a farlo. E non sbaglia, mai ».

Giacomo Basso sa che non otterrà altro e comanda che si perquisisca a fondo la casa del tipografo per scovare eventuali prove. Alacremente i sottoposti si mettono a frugare in ogni stanza.

Pietra e l'uomo del Doge aspettano accanto al morto. Il Bargello è assorto e, cosa strana per lui, molto silenzioso. A un certo punto, rivolto più a se stesso che alla donna, mormora: « Se Pavoni è davvero l'assassino, allora si è suicidato per il rimorso o per impedirsi di uccidere ancora. Che Iddio lo maledica ovunque si trovi ».

Pietra non batte ciglio.

Dopo qualche minuto, il birro più giovane torna trionfante, mostrando le corde con i pugni di sasso. Il Bargello pensa che quelle strane armi possano senz'altro essere quelle usate dall'assassino per straziare i corpi delle donne. Le ferite potrebbero facilmente coincidere con quelle inferte da pietre siffatte. Aveva sempre sospettato una sorta di lapidazione, senza però trovare altri segni.

Giacomo Basso gira nervoso intorno al cadavere,

ben sapendo che quegli strumenti diabolici non sono una prova sufficiente di colpevolezza e che il magistrato esigerà ben altro per dirsi certo che l'impiccato sia l'assassino delle cinque donne. Rimanda quindi indietro il birro, ordinandogli di continuare a cercare, di mettere a soqquadro l'intera casa, se necessario. Ha bisogno di altre prove.

Pietra sorride senza farsene accorgere.

Di lì a poco, lo stesso giovane torna dal suo superiore, reggendo un fazzoletto con qualcosa dentro. Senza dire nulla, mostra il contenuto al Bargello: due pollici di donna mozzati.

Ora Giacomo Basso non ha più dubbi. Ha ben visto le mutilazioni sulle ultime vittime.

Pietra gli tace l'omicidio dei genitori adottivi e degli innocenti corallari. È certa che l'intrigo è troppo complicato per un cervello semplice come quello del Bargello. In ogni caso, la morte di Pavoni ha pareggiato i conti. E nessuno può avanzare pretese, pensa.

Esausta, si rivolge al Bargello. « Posso andarmene, ora? »

Giacomo Basso riflette, poi, di malavoglia, ordina ai soldati di lasciarla passare.

Di spalle, la donna spezza la bacchetta da rabdomante e la getta tra i rovi. Poi, rivolgendosi ai birri e al destino, senza che nessuno la senta, mormora: « Pietra è il mio nome ».

RINGRAZIAMENTI

Un grazie smisurato come la sua sapienza a Cristina Prasso, che ha migliorato in maniera notevole stile e scrittura. Un regalo prezioso che saprò conservare con gratitudine.

A Luca Crovi, che con la sua bacchetta da rabdomante ha accompagnato il viaggio di Pietra.

A Giorgia di Tolle, per la sua conoscenza e gentilezza.

Il libro desidera inoltre ricordare altri amici: Alberto Salaroli, Alessandro Meazza, Valeria Raimondi, Tommy Di Bari & Fabio di Credico e Marco Garavaglia.

Come sempre un pensiero speciale a Pistarello, Mavì, Ale, India, Silvia, Alessandra, Vittoria, Francesca e naturalmente Antonio.

Chris Carter

LA LEGGE DEL DOLORE

LE TUE PAURE PIÙ NASCOSTE
SARANNO USATE CONTRO DI TE...

Padre Fabian giace sull'altare di una chiesa di Los Angeles. Prima di essere ucciso, il sacerdote è stato torturato e sul suo petto è stato tracciato col sangue il numero 3. La scena che si presenta agli occhi della polizia è raccapricciante e tutti gli indizi portano gli inquirenti a ipotizzare che si tratti di un omicidio religioso, forse opera di una setta. Pochi giorni dopo, però, vengono scoperti altri due cadaveri, contrassegnati dai numeri 4 e 5. Per il detective Hunter, è chiaro che il responsabile è un serial killer spietato e perverso: la seconda vittima è stata arsa viva in una villa di Malibu, mentre la terza è stata lentamente dissanguata usando centinaia di siringhe. Ma non sono i numeri il dettaglio più inquietante del caso, bensì il modo in cui quelle persone sono state uccise. L'assassino, infatti, ha trasformato in realtà i loro incubi peggiori, le loro fobie, le loro paure più profonde. Com'è possibile che il killer conoscesse ciò che spaventava a morte le vittime? E cosa avevano in comune un prete, un'agente immobiliare e un venditore d'auto? Per scoprire la verità, il detective Hunter dovrà avanzare a fatica tra le ombre del loro passato, ritrovandosi a camminare su un sentiero disseminato di oscuri segreti e peccati inconfessabili, un sentiero in cui il confine che separa vittime e carnefici è sempre più sottile...

EDITRICE NORD

Beatriz Williams

SCRITTO NEL VENTO

«Una straordinaria storia d'amore e di amicizie infrante... E di sentimenti che sfidano il tempo.»
O – The Oprah Magazine

Rhode Island, 1931. Lily e Budgie si trovano come tutti gli anni sulle bianche spiagge di Seaview. E, mentre Budgie passa da un flirt all'altro con sfacciata disinvoltura, Lily instaura un profondo rapporto di amicizia con l'affascinante Nick, un'amicizia che ben presto si trasforma in un grande amore...
Rhode Island, 1938. Dovrebbe essere un momento di gioia, invece è col cuore colmo d'angoscia che Lily si trasferisce nella sua residenza estiva. E il motivo è uno solo: nella casa accanto si sono appena stabiliti Nick e Budgie Greenwalds, di ritorno dalla luna di miele. Sono sette anni che Lily non vede né il suo ex fidanzato né la sua ex migliore amica, sette anni in cui ha cercato di dimenticare il tradimento, la delusione, il dolore. Ma adesso Lily deve affrontare la persona che, in un istante, le aveva distrutto la vita. E, tra pettegolezzi malevoli, segreti inconfessabili e rivelazioni sconcertanti, Lily a poco a poco scoprirà che quello di Nick e Budgie non è affatto un matrimonio perfetto. Perché le ragioni che hanno spinto Nick a lasciarla sono ben diverse da quelle che lei aveva immaginato...

EDITRICE NORD

Finito di stampare
nel mese di gennaio 2014
per conto della Casa Editrice Nord s.u.r.l.
da Grafica Veneta S.p.A. di Trebaseleghe (PD)
Printed in Italy